엄한 여자 상사가
고등학생으로
돌아갔더니
내게 호감을
보이는 이유

**Why is my strict boss melted
by me ?**

3

"우시키 오구리, 이상형은

시모노 선배 같은 사람이에요!

——연하는 싫으신가요?"

우시키
오구리
Oguri
Ushiki

"나나야 군, 고마워."

달빛에 비친 그녀의 미소는
하늘에서 빛나는 어떤 별보다도
아름다웠다.

사콘지 비와코
Biwako Sakonji

나카츠가와 나오
Nao Nakatsugawa

시모노 나나야
Nanaya Shimono

타도코로 오니키치
Onikichi Tadokoro

Illustrations copyright ⓒ YOM

카미죠 토우카
Touka Kamijo

우시키 오구리
Oguri Ushiki

시모노 코후유
Kofuyu Shimono

Contents

WHY IS MY STRICT BOSS MELTED
BY ME ?

엄한 여자 상사가 고등학생으로 돌아갔더니
내게 호감을 보이는 이유 3
~서로 짝사랑하는 사람들이
처음부터 다시 시작하는 고등학생 생활~

토쿠야마 긴지로

커버, 삽화, 본문 일러스트
요무

── ▮ 프롤로그

Why is
my strict
boss
melted
by
me ?

나는 두 번째 청춘 시절을 보내고 있다.

이루지 못했던 사랑을 쫓아가며, 이루지 못했던 사랑을 포기하지 못하고.

두 번째 청춘 시절을 처음부터 다시 시작하고 있다.

늦더위를 날려버리는 금목서 향기를 가슴에 잔뜩 들이마시며 나는 카디건 주머니에 오른손을 넣었다.

거기에 들어있던 작은 사탕을 얼굴 앞으로 들어 올린 다음, 조용히 관찰했다.

하얀 비닐로 포장된 딸기맛 사탕이다.

예전에……, 타임 리프로 온 시간보다도 전에 어머니에게 이런 이야기를 들은 적이 있다.

───사랑은 딸기맛 사탕 같다───

딸기보다 달콤하지만, 딸기만큼 부드럽진 않다.

그리고 사랑을 끝까지 맛보려면 오랜 시간이 걸린다고 한다.

나는 사랑에 10년 이상의 세월을 투자해왔다.

하지만 아직 맛보지 못하고 있다.

이 포장지를 뜯어서 입에 넣는 게 두렵기 때문이다.

사실 달콤하지 않을지도 모른다.

상상 이상으로 딱딱할지도 모른다.

입에 넣자마자 사라져 버릴지도 모른다———.

그래서 겁이 많은 나는 손바닥 위에 올려놓은 이 작은 사탕을 먹지 못하고 소중히 간직하고 있다.

하지만 그런 나 자신은 이제 질색이다.

나는 이 딸기맛 사탕을 맛보고 싶다.

입안에 넣고 맛보고 싶다.

이번에야말로, 그와 맺어진다.

나는 그러기 위해 타임 리프해 왔으니까.

만약 그때가 온다면 하얀 포장지를 뜯고 이 자그마한 딸기맛 사탕을 맛보자.

달콤할 것이 분명하다.

그 전까지는 잃어버리지 않게끔 소중히 간직해두고 싶다.

조개구름이 퍼져가는 저녁놀을 바라보며 나는 손에 쥐고 있던 자그마한 사탕을 살며시 주머니에 넣었다.

제1장 ▌ 부하와 상사의 삼자대면

Why is
my strict
boss
melted
by
me ?

"그래서?"

"네……, 네."

"네가 아니라, 구체적으로 설명해달라는 건데, 시모노 나나야 군."

카미조 토우카는 내 이름을 부르며 매처럼 날카로운 눈빛으로 이쪽을 보았다.

그녀가 엄한 여자 상사였을 무렵에 자주 보던 눈빛이다.

하지만 지금 그녀는 고등학생이다. 여기에는 엄한 여자 상사 같은 건 없다.

있는 건 엄한 선배. 카미조 과장님이 아니라 카미조 선배다.

……물론 이런 쓸데없는 소릴 해봤자 과장님의 표정이 미소로 바뀔 리도 없고, 결국 고등학생으로 돌아왔다 해도 과장님은 여전히 과장님이었다.

정신을 차리고 보니 나와 과장님이 타임 리프를 한 지 네 달이 지났다.

9월 초다.

앞서 말했듯이 나는 회사원이었던 무렵으로부터 11년 전인 고등학교 시절로 타임 리프했기에 사무실에 있는 건 당연히 아니지만, 그럼 대체 어디에서 이렇게 상사에게 실수를 보고하는 듯한 느낌인가 하면…….

그녀의 집이다.

두말할 것 없는 카미조 과장님의 친가, 그곳의 거실에서 나는 멋진 녹갈색 소파에 앉아 예의 바르게 주먹을 무릎 위에 올려두고 있다.

그리고 이곳에는 나와 과장님뿐만 아니라…….

"자자, 토우카. 그렇게 무서운 표정 짓지 말고."

이 사건의 원흉인 사람, **카미조** 유이토 씨도 함께 있다.

"시끄러워!"

곧바로 여동생이 오빠에게 화를 내며 소리 질렀다.

잔소리를 할 때도 논리적이고 납득할 수 있는 단어를 쓰던 과장님이 이렇게 적당한 말로 대답하다니……. 역시 남매라고 해야 하나……, 이것도 나름대로 여동생스러운 과장님을 볼 수 있어서 귀엽기도 한 것 같고.

아니, 그게 아니지.

그 남매라는 게 지금 이 상황을 만든 거잖아!

이런저런 일이 있었던 여름방학.

이러쿵저러쿵하면서도 원만하게 수습되었지만, 한 가지 해결되지 않은 것이 있다.

그것이 카미조 토우카, 유이토의 남매 문제다.

내가 타임 리프하기 전에 열렬한 팬이었던 연애 멘탈리스트 Yuito. 그 11년 전의 Yuito가 지금 여기 있는 유이토 씨다. 나는 우연히 유이토 씨와 알고 지내게 되었고, 가끔 만나서 연애 상담을 하곤 했다. 그런 유이토 씨의 여동생이 과장님이라고 한다.

그리고 과장님도 유이토 씨를 오빠라고 부른다.

그 사실이 드러난 여름부터 오늘까지 계속 끙끙대긴 했다. 그러나 내 뇌가 이 문제를 다루는 걸 거부했기에 미루고만 있었다.

하지만 떠안고 있는 문제를 못 본 척한다 해도 자연스럽게 해결될 정도로 사회는 어설프지 않았고, 2학기가 시작된 직후의 휴일에 기어코 호출을 당한 것이다.

"왜 나나야 군이랑 오빠가 아는 사이였고, 그걸 나한테 숨긴 거야?"

유이토 씨와 내가 자주 만나는 사이라는 사실을 과장님은 몰랐던 모양이다.

하지만 그건 나도 마찬가지였기에, 나 역시 왜 유이토 씨와 과장님이 남매냐고 물어보고 싶다.

뭐, '왜 남매냐'는 질문은 이상한 질문일지도 모르겠지만.

아무튼, 이 자리에서 유이토 씨만은 혼자 입장이 다르다.

그는 축제 날, 과장님의 위기를 금방 눈치채고 내게 전화를 걸었다.

다시 말해 나와 과장님이 알고 지내는 사이라는 사실을 원래 알고 있었다는 뜻이다.

그 혼자만 전제 조건이 다르다. 그렇다면 답을 물어봐야 할 사람은 내가 아니라 카미조 유이토다.

그러기 위한 삼자대면이다.

나는 유이토 씨에게 '당신이 대답해 주세요'라며 눈빛으로 호소했다.

내가 보낸 눈짓의 의도를 짐작했는지 그는 평소 같은 시원스러운 미소를 지으며 입을 열었다.

"남매라고 해서 교우 관계까지 일일이 보고할 의무는 없지 않을까? 실제로 토우카도 시모노 군을 내게 소개해준 적이 없었지? 딱히 꺼림칙한 일이 있었던 것도 아니고. 우연히 함께 알고 지내던 사람이 있었던 것뿐이잖아. 뭐가 그렇게 불만인 거니?"

역시 유이토 씨다. 받아치는 게 빠르다. 그리고 논리적이야.

솔직히 나도 유이토 씨에게 왜 내가 좋아하는 사람이 자기 여동생이라는 사실을 알면서도 숨기고 있었는지 캐묻고 싶다.

하지만 나도 여동생을 둔 오빠의 입장이기에 유이토 씨가 말을 꺼내지 못한 이유를 대충 짐작할 수 있다. 가족의 연애 이야기는 쑥스럽기 마련이다. 게다가 남매일 경우에는 더더욱 그렇고.

애초에 일방적으로 의논하려 했던 건 나니까 그걸 가지고 내가 유이토 씨를 원망하는 건 이치에 맞지 않을 것이다.

그렇게 되었으니 문제는 과장님이다.

과장님이 나와 유이토 씨가 무슨 관계인지 캐물으면 좀 곤란해진다.

당신을 함락시키기 위해 당신 오빠와 의논하고 있었어요.

응, 더할 나위 없이 기분 나쁘네.

경멸 확정.

다음 날쯤에는 책상이 과장님 자리에서 제일 먼 자리로 배치될 것이다. 뭐, 지금은 학년이 다르니까 같은 교실에 있지도 않

지만. 타임 리프 전에는 날마다 같은 곳에 있었으니 과장님의 눈빛을 신경 쓰지 않아도 돼서 좋아진 반면, 은근히 쓸쓸하기도 하다.

그러니 지금은 유이토 씨의 토론력으로 해결해줬으면 좋겠다.

괜찮아. 아무리 상대가 과장님이라 해도 이쪽은 멘탈리즘의 스페셜리스트인 Yuito 선생님이니까. 첫 번째 반격도 완벽했잖아.

자, 초엘리트 관리직 여동생은 어떻게 받아칠까.

"뭐?"

무서워어어어어어어어어어어어어어어어어어어어어어어어어어어어어어어!

뭐야? 겨우 단 한 마디에 모든 것을 담아서 날리는 그 언어 공격은 대체 뭔데?

전혀 토론이 아니잖아. 그냥 위압이잖아. 이렇게 부조리한 대답은 사무실에서 본 적 없다고. 완전히 오빠를 막 대하는 여동생 모드잖아.

하지만 오빠보다 뛰어난 여동생 따위는 존재하지 않는다!

그렇죠! 유이토 오빠!

나는 고개를 슬쩍 움직여 유이토 씨를 보았다.

그는 부드러운 미소로 내 눈빛에 대답했다. 그리고 표정을 그대로 유지하며 천천히 과장님 쪽을 향했다.

"죄송합니다."

사과했어! 엄청나게 시원스럽게, 그리고 깔끔하게 여동생에게 굴복했어!

"애초에 여름방학 동안에 몇 번이나 이런 자리를 마련하려 했는데 볼일이 있다, 볼일이 있다, 그렇게 미루면서 오늘까지 도망쳤던 게 대체 누군데? 꺼림칙한 게 없긴 무슨. 자기 말이 모순된다는 생각은 안 들어?"

그리고 자비심 없이 몰아붙이는 여동생!

이번에는 확실하게 논리적으로 숨통을 끊으려 한다!

"시모노 군, 미안해. 나는 어떻게 해볼 수가 없었어."

포기가 너무 빠르잖아!

"유이토 씨, 그렇게 쓸쓸한 눈빛으로 저를 보지 말아주세요!"

"어쩔 수 없지, 이제 모든 걸 토우카에게 털어놓자, 시모노 군."

"아니, 아니, 무슨 말씀을 하시는 건데요!"

설마 이런 전개가 될 줄이야.

그럼 뭐야, 지금 나한테 간접적인 고백을 하라는 건가?

못 해, 못 해, 못 해.

마음의 준비나 그런 차원이 아니다.

이런 형태로 내가 과장님을 좋아한다고 말하는 건 절대로 못한다.

글러먹은 내게도 오기라는 게 있다.

고백할 때는 분명히 내 의지로, 내가 과장님에게 어울린다는 생각이 들 때 하고 싶다.

"모든 걸 이야기한다는 게 무슨 뜻이야? 역시 둘이서 뭔가 숨기고 있구나."

하지만 상황은 계속 움직였다.

과장님의 관심이 우리에게 더욱 쏠려서 답을 얼버무릴 수 있는 기간이 지나버렸다.

"과, 과장님. 그건……."

"그 전에, 토우카."

한순간, 거실의 채도가 약간 내려간 것 같은 착각에 빠졌다. 유이토 씨가 그런 목소리로 말을 꺼냈다.

"뭐, 뭔데."

과장님도 뭔가 민감하게 알아챈 건지 약간 당황하는 모습을 보였다.

"토우카는 내게 아무것도 숨기는 게 없어?"

"뭐어? 딱히 숨기는 건……."

"토우카하고 시모노 군의 관계에, 정말 비밀이 없니?"

"?!"

나와 과장님의 표정이 동시에 굳었다.

유이토 씨는 좀 전까지 보이던 미소를 짓고 있지 않았다.

"나하고 나나야 군에게 어떤 비밀이 있다는 건데."

"그 내용을 알고 있었다면 이렇게 물어보지도 않았겠지. 그냥……."

"그냥……?"

"아무래도 두 사람은 평범한 고등학생이라는 관계로 보이지 않아서 말이지. 마치."

설마, 아니, 아무리 유이토 씨라고 해도 우리 둘만의 비밀을 간파할 수 있을 리가 없다.

간파할 수 있을 리가———.

"아니, 이쯤 해두자. 어때? 토우카도 이런 식으로 물어보면 말하지 못하는 게 한두 가지쯤은 있잖아. 딱히 대단한 게 아닐지도 모르겠지만, 본인들은 최대한 건드리지 말았으면 하는 게 있는 법이야. 그러니까 그렇게 무서운 표정 짓지 말고 지금부터 셋이서 사이좋게 지내면 되잖아. 그렇지?"

"으, 응……."

과장님은 나를 힐끔 보고는 조용히 고개를 끄덕였다.

"자자, 오늘은 모처럼 휴일이잖아. 날씨도 좋으니 고등학생 제군은 둘이서 데이트라도 하고 오렴."

"데이트라니! 바보 같은 소리 하지 마, 오빠!"

"아하하, 미안, 미안. 시모노 군. 사실 나는 이렇게 무서운 여동생하고 같이 거실에 있고 싶지 않거든. 미안하지만 토우카를 데리고 어디 놀러 가주지 않을래?"

유이토 씨는 그렇게 말하며 평소처럼 시원스러운 미소를 짓고 멋지게 윙크했다.

"흥, 바보 아니야? 아~, 열받아! 이제 됐어. 가자, 나나야 군."

과장님은 얼굴을 붉게 물들이며 재빨리 거실에서 나갔다.

"아, 과장님!"

따라가려고 소파에서 일어선 나를 유이토 씨가 손짓하며 불렀다.

"방금 그거, 잘 먹혔지? 시모노 군."

"방금 그거라니, 그 비밀 어쩌고저쩌고 했던 거요?"

"응, 저번에 시모노 군이 추천해준 무서운 심야 애니메이션 있잖아? 여자애가 손도끼를 들고 다니는 거. 그 애니에서 유명하다고 가르쳐준 장면을 써먹을 수 있지 않을까 해서 좀 따라 해 봤거든. 물론 애니메이션에 나온 여자애 같은 박력은 없긴 했지만, 뭐든 시험해보기 나름이네."

"어? 그럼 뭔가 눈치채서 비밀이 있냐고 물어본 게 아니었던 건가요?"

"적당히 말한 거야. 떠본 거지. 사람은 껄끄러운 게 없더라도 막상 비밀이 없냐고 물어보면 쓸데없이 깊게 생각하면서 불안해지거든. 내가 최근에 공부하고 있는 멘탈리즘에도 써먹을 수 있을 것 같으니 다음에 그런 연구 분야 논문이 있는지 조사해봐야겠어."

즐겁게 이야기하는 유이토 씨.

"저도 좀 가슴이 두근거리던데요."

"아하하, 미리 말을 맞춰둘 걸 그랬네. 네가 나한테 토우카에 대해 상담했다는 사실은 절대로 말하지 않을 테니까 안심해. 자, 너무 늦게 가면 또 우리 무서운 여동생에게 혼날 테니 가봐. 힘내라고, 시모노 군. 좋은 휴일 보내고."

"네, 감사합니다. 유이토 씨."

나는 유이토 씨에게 인사를 하고 곧바로 과장님이 기다리고
있는 현관으로 향했다.

한때는 어떻게 되나 싶었는데, 역시 유이토 씨는 좋은 사람
이네.

◆

"있지, 나나야 군. 오빠가 말한 그거, 어떻게 생각해?"

"비밀 말인가요?"

"응, 그거. 타임 리프한 걸 들킨 걸까……?"

과장님 집을 나선 우리는 근처 정식집에서 점심 식사를 하고
있었다.

시간은 12시 반. 가게에는 손님이 매우 많은 것도 아니고, 한
산한 것도 아니다. 오래된 분위기라 마음이 차분해지는 자그마
한 개인 식당이다.

"아무리 그래도 그건 아닐 것 같은데요?"

나는 주문한 고기야채볶음 정식을 먹으며 과장님에게 대답했
다. 참고로 과장님은 된장조림 정식.

아니, 정식집에서 점심을 먹는 고등학생은 우리밖에 없을 것
이다. 주위에는 회사원으로 보이는 중년 남자들밖에 없다. 그래
도 이 분위기가 편하단 말이지.

"그야 타임 리프 같은 초자연적인 현상을 믿을 만한 사람은
아니지만, 감 하나만은 예리하니까."

그렇지. 유이토 씨의 관찰안과 추리력은 얕볼 수 없다.

좀 전에는 떠봤다고 했지만, 실제로는 뭔가 눈치챘을지도 모른다.

물론 과장님이 말한 타임 리프 같은 초자연적 현상을 믿을 만한 사람은 그리 많지 않겠지만.

"저도 당사자가 아니었다면 타임 리프 같은 건 믿지 않았을 테니까요. 보통은 모를 거예요."

"뭐, 그렇겠지. 어차피 적당히 떠봤을 테고. 아~, 완전히 걸려들어 버렸네."

"아하하……."

입장상 쓴웃음만 나왔기에 둘러대듯 찬물을 마셨다. 나와 유이토 씨의 관계는 이제 대충 넘어갈 수 있게 된 것 같으니 잘된 거라고 생각해야지.

"그러고 보니 오늘 나나야 군은 왠지 고등학생 같은 차림새네?"

과장님이 고등어 된장조림에 시치미를 잔뜩 뿌리며 말했다. 이 사람은 뭐든 시치미를 뿌리네.

"그런가요?"

나는 오늘 회색 파카에 까맣고 얇은 점퍼를 걸쳤고, 아래쪽도 까만 스키니 진을 입었다. 바지는 유이토 씨를 흉내 내서 입은 것이다.

"응. 나나야 군의 사복을 타임 리프 이전에는 본 적이 없지만."

"뭐, 집에는 고등학생 때 입던 옷밖에 없으니까요. 고등학생답다고 하면 그럴지도 모르겠네요. 이상한가요?"

"아니야! 아니, 아니, 그런 의미가 아니라, 저, 저기……, 귀여워."

"가, 감사합니다."

귀엽다……, 귀엽다라.

전 세계 남자들에게 물어보고 싶은데, 귀엽다는 게 어떤 말일까.

멋지다———, 이건 분명히 기뻐해도 되는 칭찬일 것이다.

하지만 귀엽다는 건 꽤 미묘한 말이다.

칭찬이라는 건 알고 있다. 알고 있긴 하지만, 남자로서 기뻐해도 되는 걸까.

특히 연상 여자가 귀엽다고 하는 건 어떤 의미로 가망이 없다는 선언으로 받아들여야 하지 않을까?

아니, 뭐든지 툭하면 부정적으로 생각하는 건 내 안 좋은 버릇이다.

신입 사무원인 마에시마는 술을 마시다가 2차 정도 되면 내게 '시모노 군은 왠지 귀엽네요~. 볼도 말랑말랑하고~'라며 취해서 볼을 쿡쿡 찔러대 놓고 가게를 나선 뒤에는 힘찬 발걸음으로 계장님과 둘이서 어디론가 사라졌으니까. 그 녀석의 '귀엽다'는 말에 들뜰 정도로 나는 바보가 아니다. 결코 들뜨지 않았어!

그렇게 약삭빠른 여자애들을 잔뜩 봐온 내게 귀엽다는 말은 무심코 민감한 반응을 보이는 말인 게 분명하다.

그러나 좀 전에도 말했듯이, 뭐든지 부정적으로 생각하는 건 바람직하지 못하다.

과장님이 나를 귀여운 부하로 봐준다는 건 분명하다. 분명하지만, 그렇다고 해서 내게 전혀 가망이 없다는 건 아닐 것이다.

왜냐하면⋯⋯, 과장님이 나를 끌어안아 줬으니까!

아, 지금도 잊을 수가 없다.

그 따스함.

포근한 향기.

생각했던 것보다 훨씬 가냘프고 부드러운 몸⋯⋯.

둘만의 여름 추억.

이러면 보통은 그린라이트잖아!

분명히 서로 좋아하는 거잖아!

그렇게 생각하니 타임 리프를 한 뒤로 과장님이 묘하게 호감을 보인 것도 앞뒤가 들어맞네!

다시 말해 그건 나를 놀린 게 아니라 과장님 나름대로 어필했던 거였어!

엄한 여자 상사가 고등학생으로 돌아갔더니 내게 호감을 보이는 이유는 그런 거였다고!

⋯⋯그렇게 생각하고 싶지만, 상대방은 그렇게나 연애에 관심이 없던 무뚝뚝한 과장님. 그리고 나 자신은 실수투성이에 글러먹은 부하.

아무리 생각해도 부정적인 생각만 든다.

이번에 들은 '귀엽다'는 말도 부하에게 하는 '귀엽다'가 아닐까? '멋지다'는 말은 부하에게 하지 않겠지만, '귀엽다'는 말은 충분히 할 수 있다.

불꽃놀이 때는?

열심히 노력한 부하를 치하해주는 상사……. 그럴 수 있겠네.

게다가 2학기에 들어선 뒤 며칠 동안, 과장님은 왠지 나를 피했다.

진짜로 알 수가 없네.

과장님이 나를 껴안아 준 건 부하라서인가?

아니면 내게 호감이 있어서?

확실하게 해두고 싶다.

만약에 후자라면 지금 이곳에서 과장님이 말해준 '귀엽다'도 그녀의 솔직한 마음일 게 분명하다.

다시 말해 과장님은 나를 진심으로 대해주고 있는 것이다.

그렇다면 나도 과장님을 칭찬해야지.

오늘 과장님의 옷차림은 연지색 하이넥 니트와 체크무늬 롱스커트. 과장님의 어른스러운 분위기와 고등학생다운 귀여운 느낌이 멋지게 융합되어 완벽한 하이브리드 코디네이트다.

나는 딱히 외모만 보고 과장님에게 반한 건 아니다.

하지만 눈앞에 있는 천사 같은 과장님이 아름답다는 사실은 변함이 없다.

내가 있는 그대로 마음을 고백하면 과연 어떤 반응을 보일까.

그것이 과장님의 솔직한 마음.

그녀의 진심이다.

"과장님도 정말 멋지세요."

미사여구를 붙여봤자 거짓말처럼 들릴 것이다.

단순하게 감상을 전할 뿐.

시치미 용기를 흔들고 있던 과장님의 손이 멈췄다.

"뭐어? 바보 아니야?"

응, 그렇겠죠~.

젠자아아아아앙!

역시 나는 그냥 귀여운 부하잖아!

아니, 이 싸늘한 반응을 보면 귀엽다는 말조차 의심스러운데!

나란 사람은 과장님에겐 그거지, 길을 가다 본 고양이 같은 거.

쓰다듬어주기는 하지만, 그렇다고 해서 따라오면 곤란하다.

그 정도 느낌이라고!

젠장, 젠장, 젠자아아아아아아아앙!

"그건 그렇고, 이제 어떻게 할까?"

과장님이 시치미를 잔뜩 뿌린 고등어 된장조림을 젓가락으로 재주도 좋게 가르며 말했다.

"어떻게라뇨?"

"그러니까 이제 어디 갈까 해서. 그, 그 왜, 일단은 오빠가 말한 대로 데이트잖아."

"데이트……."

"가끔은 둘이서 느긋하게 노는 것도 괜찮잖아. 안 그래? 나나야 군."

과장님이 약간 쑥스러워하며 웃었다.

회사에서도 본 적이 없는 그 미소를 보고 나는 무심코 넋이 나가버렸다.

아, 정말 소악마 같은 사람이구나.

역시 그녀가 무슨 생각을 하는지 모르겠다.

하지만 이 사람에게 휘둘리는 거라면 그것도 나쁘지 않을 것 같다.

◆

우리가 온 곳은 역 앞에 있는 약간 한산한 게임 센터였다. 겉보기엔 낡았지만, 새 기계도 많아서 학생들에게 인기가 있는 곳이다.

가게 안쪽에 설치되어 있는 스티커 사진기 앞에서 나와 과장님은 게임 센터의 소음을 들으며 인쇄 중인 스티커 사진이 나오기를 기다리고 있었다.

"설마 과장님이 스티커 사진을 찍고 싶다고 할 줄은 몰랐네요."

"딱히 상관없잖아. 난 한 번도 스티커 사진을 찍어본 적이 없단 말이야. 모처럼 여고생으로 돌아왔으니 경험 정도는 해두고 싶거든."

"아하하. 아, 나왔네요."

나는 인쇄된 스티커 사진을 들고 과장님 쪽으로 돌아섰다.

"보여줘! 보여줘!"

들뜬 채 내 쪽으로 다가서는 과장님. 부드러운 어깨가 자연스럽게 부딪혔다.

"11년 전인데도 꽤 선명하게 찍히네요."

"정말이네? 아니, 나나야 군, 얼굴이 이게 뭐야~. 눈을 반쯤 감았잖아. 아하하."

"그러는 과장님이야말로 이걸 보시라고요."

"꺄악~, 못생기게 나왔어! 보지 마~."

"아니, '일 좀 제대로 해'라는 글자는 뭔데요. 이런 사진에까지 넣지 마세요! 공사를 혼동하시잖아요!"

"후후후, 나는 항상 당신을 감시하고 있다고!"

"진짜~, 좀 봐주시라고요~, 과장님~."

"이놈, 과장님이라고 부르지 마~."

아…………, 이거 뭐야!

귀엽잖아!

이 사람, 대체 뭔데!

너무 귀엽다고!

아니, 엄청나게 행복하잖아!

왠지 너무 행복해서 오히려 무섭다고!

최고의 고등학생 라이프잖아!

과장님이라고 부르지 말라면서 어깨로 꾹꾹 눌러대지 말라고!

죽겠단 말이야!

"어머, 뭐지?"

혼자서 신이 난 나를 내버려 두고 과장님이 그 층 가운데쯤에 몰려있는 사람들을 손가락으로 가리키며 말했다. 가끔씩 '오오……', 라며 작은 목소리가 흘러나오고 있었다.

"아, 격투 게임이네요. 기계 주위에 있는 팔짱 끼고 서 있는 사람들은 관객 같은 거예요."

"잘 아는구나. 나나야 군은 게임 좋아해?"

"네, 격투 게임은 꽤 했죠. 한때는 온라인 RPG 게임 같은 것도 했어요. 그쪽은 성향상 안 맞아서 그런지 중학교 때 자연스럽게 그만둬버렸지만요. 과장님은 게임 같은 거 안 하시죠?"

"무슨 소릴 하는 거야. 나 게임 좋아하고, 잘하기도 해."

"어?! 그래요?! 뜻밖이네. 어떤 게임을 좋아하시는데요?"

"지뢰찾기하고 카드놀이? 아, 스파이더 카드놀이도 좋아해."

전부 Windows 기본 게임이잖아!

"테트리스나 뿌요뿌요도 잘하고."

왠지 귀엽네!

"퍼즐 계열을 좋아하시는군요."

"응!"

역시 귀여워!

"사람들이 많이 모여있는 걸 보니 잘하는 사람이 있는 건가? 나나야 군도 잘하면 도전해보지 그래?"

"음~, 뭐, 솔직히 오랜만에 해보고 싶긴 했는데, 괜찮으시겠어요? 과장님은 구경만 하시게 될 텐데."

"괜찮아! 나나야 군이 게임하는 모습 보고 싶으니까."

아, 왠지 너무 귀여워서 과장님이 여자친구라면 좋겠다는 이룰 수 없는 망상에 기대고 싶어지니 눈물이 난다.

스티커 사진기가 있는 곳에서 격투 게임이 있는 쪽으로 가자 마침 도전자가 패배한 참이었다.

그다음에는 아무도 앉으려는 기색이 없었기에 내가 투입구에 100엔 동전을 넣으며 자리에 앉았다.

이 게임은 당시에도 파고들었던 게임이다. 시리즈 자체도 꽤 오래 이어졌고, 20대 후반까지 했으니 공백기도 거의 없다.

과장님에게 멋진 모습을 보여주고 싶었던 나는 처음부터 주로 쓰던 캐릭터를 골랐다.

캐릭터 선택이 확정되자 화면에 난입 컷인이 떴다.

상대 캐릭터는……, 중량급 잡기 캐릭터인가?

상성을 따지면 내 캐릭터가 약간 불리하지만, 큰 차이는 나지 않는다.

스틱을 잡고 심호흡을 하자 첫 라운드가 시작되었다.

한동안 상황을 살피며 간격을 벌렸다. 잡기 캐릭터는 커맨드 잡기라는 필살기를 가지고 있어서 함부로 다가가면 큰 대미지를 입게 되기 때문이다. 하지만 내 캐릭터도 원거리 공격을 가지고 있는 건 아니기 때문에 다가가지 않으면 공격을 할 수가 없다. 상대방의 빈틈을 노리고 전방 대시로 단숨에 거리를 좁혔다.

통했다.

내 공격이 상대방의 가드를 무너뜨렸다. 곧바로 콤보를 이어나갔다. 중량급 캐릭터는 체력이 많기 때문에 콤보 한 번으로는 그렇게 큰 대미지를 입힐 수가 없지만, 이걸 여러 번 반복하면 이길 수 있다.

그리고 눈 깜짝할 새에 상대 캐릭터의 체력은 빨갛게, 다시 말해 콤보 한 번이면 끝나는 상황이 되었다.

음~, 생각보다 약하다고 해야 하나……, 시스템을 이해하지 못한 초보의 움직임인데.

가드나 잡기 풀기의 기본을 모르는 느낌이다.

하지만 화면 위쪽에 떠 있는 연승 기록은 '13 WIN'이다. 어떻게 열세 번이나 연달아 이긴 거지?

그렇게 쓸데없는 생각을 하다가 방심한 건지 처음으로 상대방의 커맨드 잡기……, 이른바 커잡이 들어갔다. 내 캐릭터는 체력이 적은 편이기에 단숨에 게이지가 깎였다.

이런, 이런. 그렇게 마음을 다잡은 순간, 상대방이 단숨에 전방 점프로 거리를 좁혔다. 나는 곧바로 백스텝으로 다시 거리를 벌렸지만, 완전히 동시에 상대방도 전방 대시를 하고 있었다. 그리고 체력이 얼마 남지 않았을 때만 쓸 수 있는 초필살기 커잡을 맞았다.

정신을 차리고 보니 체력 차이는 얼마 되지 않았다.

이 녀석……, 센스 타입인가…….

격투 게임을 하다 보면 수많은 심리전이 생겨난다. 아무리 지식과 기술이 뛰어나다 해도 이 심리전에서 벌어지는 예측 싸움에 패배하면 대미지를 입게 된다.

그리고 예측 싸움에 필요한 것은 게임 센스다.

움직임으로 보아 아마 상대는 초보일 것이다. 하지만 센스가 꽤 대단하다.

특히 커잡 같은 강력한 기술을 쓰려면 이 센스라는 게 꽤 필요하다.

반대로 말하자면, 센스만 있으면 단숨에 승리할 수 있는 것이 커잡 캐릭터의 강점이다.

한 번만 더 커잡을 당하면 내 패배다.

초보라고 생각하고 방심했다.

이제 끝인가…….

"나나야 군, 힘내!"

아, 그랬지.

내게는 질 수 없는 이유가 있다.

승리의 여신이 함께하니까.

그 여신을 부끄럽게 만들 수는 없지!

스틱을 잡은 내 왼팔에 그녀의 마음이 깃들어 뜨겁게 달아오른다!

버튼을 누른 내 오른팔에 그녀의 자상한 마음이 스며들어 용기를 준다!

토우카를 위해서라도 나는 이런 곳에서 꾸물대고 있을 시간이 없다고!

가자, 나나야!

이것이 내 무한한 힘이다!

우오오오오오오오오오오오오오오오오오오오오오오오오오오오오!

―――YOU LOSE―――

"졌다아……."

"나나야 군, 괜찮아? 얼굴에 핏기가 하나도 없는데."

"죄송합니다, 과장님……, 저는 이기지 못했어요……. 쓸모없는 저를 글러먹은 부하라고 매도해 주세요. 으흐흐흐흑."

"울 정도야?!"

나는 자리에서 일어나 무릎을 꿇으며 자신의 무능력함을 한탄했다.

설마 한 라운드도 이기지 못하고 지다니. 2라운드는 완전 겁먹어서 거의 완패했다. 제일 한심한 패배 패턴이다.

아, 어째서 나는 항상 이런 꼴일까.

"자, 일어서, 나나야 군. 게임하는 모습을 보면서 정말 즐거웠어."

"과……, 과장니이이임."

과장님은 정말 자상하시구나. 당신은 성모 마리아십니까.

"아~, 비와는 이제 이 게임 질렸거든. 스벅 가고 싶으니까 카즈키가 이어서 해."

"어? 잠깐만, 비와코! 자, 잠깐만 기다려! 아, 다음 시합 시작하잖아!"

내가 앉아있던 기계 반대쪽.

수많은 도전자를 센스만으로 쓰러뜨린 챔피언이 기계 사이의 통로를 따라 이쪽으로 왔다. 드릴처럼 두꺼운 트윈테일을 흔들며.

"비……, 비와코 선배?"

"어라, 나나노스케잖아! 빵 터지거든! 혹시 방금 나나노스케가 했던 거야? 너무 못해~."

젠자아아아앙! 이 녀석이었냐고오오오! 내가 이런 갸루에게 진 거냐고오오오! 이 사람이라면 그 센스도 납득이 되어버리는 게 분하다고오오오!

사콘지 비와코.

내가 다니는 아마쿠사 미나미 고등학교에서 카미조 토우카와 맞먹는 학내 톱 미소녀이자 이 근처 여자애들이 다들 공경하는 카리스마 갸루. 지금이 11년 뒤 미래였다면 아마 SNS 팔로워 숫자가 만 단위인 인플루언서였을 것이다.

여전히 매우 화려한 비비드 핑크색 파카를 헐렁하게 걸친 채, 예쁘게 물들인 금발은 눈이 부실 정도로 빛나고 있다. 그녀가 풍기는 강한 향수 향기는 나처럼 평범한 남자와의 사이에 존재하는 카스트의 벽을 있는 그대로 나타내는 것 같다.

"저기~, 비와코 선배. 방금 한 게임, 지금까지 해본 적은……."

"응? 처음 해봤는데."

쳇.

"이런 곳에서 뭐 하시는 건가요?"

"같은 반 카즈키가 오늘 꼭 하고 싶은 이야기가 있다고 해서 불려왔는데, 재미없으니까 스벅이나 갈까 하던 참이야."

아니, 그거 아무리 봐도 카즈키라는 사람이 비와코 선배에게 고백하고 싶어서 데이트 신청한 거잖아. 재미없다는 말을 들은 카즈키 씨가 가엾다. 마치 내가 들은 것만 같아서 마음이 아프다.

"어머, 비와코잖아. 우연이네."

비와코 선배를 본 과장님이 말을 걸었다.

두 사람은 같은 2학년. 친구다.

아마쿠사 고등학교에서 손꼽히는 미소녀 두 명의 오라로 인해 팔짱을 끼고 있던 관객들이 어느새 두 발짝 정도 물러난 상태였다.

"어라, 토우카?! 오늘 중요한 볼일이 있다고 하지 않았어?"

"응, 뭐, 그렇긴 한데. 이미 끝났다고 해야 하나……, 볼일은 마쳤지만 내게는 지금부터가 진짜배기라고 해야 하나……."

"야~, 설마 너네 둘이서 데이트하는 거냐고~, 야~."

"바, 바보 같은 소리하지 마! 비와코!"

"캬하하, 왜 이렇게 초조해해? 빵 터지거든!"

"저, 정말! 당신 말이야~."

"아~, 재미있다. 아, 나나노스케, 잠깐 시간 괜찮을까?"

"네?"

비와코 선배가 갑자기 나를 손짓하며 불렀다.

"토우카, 미안해. 잠깐만 나나노스케 빌려 갈게. 사과! 금방 돌아올 테니까. 나나노스케, 이쪽."

비와코 선배가 그렇게 말하며 사람들을 헤치고 나아갔다.

내가 급하게 따라가자 비와코 선배는 인기척이 없는 곳 구석에 설치되어 있던 자판기 코너에서 멈춰 섰다.

그리고 미소를 지은 채 내게.

"나나노스케, 이쪽. 잠깐 이쪽으로 와봐."

자판기 앞에 서라고 지시했다.

"저기, 비와코 선배……, 왜 그러시죠?"

쿠웅!!

비와코 선배의 오른쪽 발이 내 손등을 아슬아슬하게 스친 다음, 뒤쪽에 있던 자판기를 힘껏 후려쳤다. 헐렁한 파카 옷자락 너머로 건강해 보이는 허벅지가 슬쩍 보였다.

아, 다리벽치기……?

"야, 나나노스케. 너 왜 비와의 토우카를 꼬시려 하는 건데."

엄청 화났네!

"단둘이 논다는 말은 못 들었거든? 설마 진짜로 데이트인 건 아니겠지?"

"아뇨, 그럴 리가 없잖아요. 잠깐 볼일이 있었는데 어쩌다 게임을 하자는 이야기가 나왔을 뿐이에요."

그렇다, 이 카리스마 갸루는 카미조 토우카를 정말 좋아한다!

"정말로 게임만 한 거야?"

"네, 네……."

"흐음~. 나나노스케, 좀 뛰어봐."

"네?"

"뛰어보라고."

나는 시키는 대로 폴짝폴짝 뛰었다.

"뭔가 부스럭거리는 소리가 나는데? 주머니에 뭐가 들어있는지 보여줘."

삥뜯냐!

아니, 주머니 속에는…….

"나나노스케, 얼른."

"네!"

나는 찍은 뒤에 바로 주머니에 넣어두었던 스티커 사진을 무서운 선배에게 내밀었다.

"야, 이거, 뭐야."

무서워, 무서워, 무서워, 무서워, 무서워! 미소가 전혀 무너지지 않아서 오히려 더 무서워!

어째서 내 주위에 있는 연상 여자는 이렇게 무서운 사람밖에 없는 건데!

"죄송합니다. 저, 시모노 나나야는 카미조 토우카 씨와 스티커 사진을 찍었습니다."

"꽤 즐겁게 찍은 모양인데, 나나야 쨩."

갑자기 나나야 쨩이라고 부르니 훨씬 더 무섭잖아. 아저씨는 여고생이 무섭다고.

"비와도 찍을래."

"네?"

"비와도 토우카랑 스티커 사진 찍는다고 했거든!"

"네! 찍으시죠! 과장님과 비와코 선배, 둘이서 사이좋게 스티커 사진을 찍으시죠!"

"좋아, 가자! 나나노스케!"

"알겠습니다!"

역시 갸루의 기세. 전개가 빠르다.

나와 비와코 선배는 빠른 걸음으로 과장님에게 돌아왔다.

"아, 돌아왔네. 갑자기 무슨 일이야?"

"아뇨, 별일 아니에요. 그건 그렇고 비와코 선배가 하고 싶은 게 있다는데요. 그렇죠? 비와코 선배."

"……."

대답이 없기에 비와코 선배를 보았다.

주머니에 손을 넣고 새침하게 서 있었다.

이 갸루 녀석…….

나도 이제 이 사람의 성격을 파악하고 있기에 지금 상황이 어떤 상황인지는 금방 눈치챘다.

어차피 스티커 사진을 찍자고 말을 꺼내는 게 부끄러우니까 나한테 말하라는 거겠지.

보라고, 그녀가 오른쪽 발로 내 장딴지를 차기 시작했어. 얼른 말하라는 신호다.

진짜, 번거로운 말괄량이 녀석 같으니.

"비와코 선배가 같이 스티커 사진을 찍고 싶은 모양이에요."

"뭐어? 비와는 스티커 사진 같은 건 너무 많이 찍어서 질렸으니까 아무래도 상관없거든? 뭐, 나나노스케하고 토우카가 꼬~~~~~~옥 찍고 싶다고 한다면 찍어줄 수도 있다는 거지."

과장님하고 사이좋게 지내게 됐는데도 이 인간의 츤데레는 낫질 않네, 정말.

"어? 스티커 사진?! 응! 찍자! 찍자! 비와코하고 같이 스티커 사진 찍고 싶어!"

과장님도 스티커 사진의 즐거움을 깨달아버렸어! 여고생을 넘어서서 여자 초등학생이냐고!

"그, 그래? 그럼 렛츠 고야!"

참, 대놓고 좋아하기는.

"비와코 선배, 찍을 거면 게임에 져서 풀죽은 카즈키 씨도 부르시죠."

풀죽은 이유는 아마 따로 있겠지만.

"어~? 왜~?"

"왜는 무슨! 혼자 있는데 가엾잖아요! 자, 얼른 불러와요."

"뭔가 나나노스케가 보호자 같아서 열받거든? 빵 터지네. 알았다고요~."

비와코 선배는 어쩔 수 없다는 듯이 안쪽에서 풀 죽어 있던 카즈키 씨에게 다가갔다. 카즈키 씨, 저는 당신 편이라고요. 인기 없는 남자들끼리 힘내봅시다.

그런 비와코 선배를 바라보고 있자니 과장님이 내 옆으로 타박타박 다가와 내 어깨를 쿡쿡, 집게손가락으로 찔러댔다.

그리고 부드러운 미소를 지으며 내게 말했다.

"데이트는 여기까지네. 아쉬워."

주위의 잡음이 단숨에 안 들리게 될 정도로 나는 그 미소를 보고 가슴이 두근거려버렸다.

카미조 토우카의 비공개 mixi 일기　　　　　　　【사회인 2년 차】

5월 4일 월요일

내일은 시모노 군의 생일.

12시 정각이 되면 축하 메일을 보내볼까……(*'ω'*)

그래도 연휴 중에 회사 선배가 메일을 보내면

시모노 군이 싫어하려나('・ω・`)

그래도, 그래도, 연휴가 되기 전에 생일 이야기도 했으니까 자연스럽겠지(*'ω'*)?

그래도, 그래도, 그래도, 입사한 지 한 달밖에 안 된 애한테 너무 친한 척하는 것 같기도 하고('・ω・`)

그래도, 그래도, 그래도, 그래도, 그래도!

아~, 어떻게 해야 되는 거야아아아. ・゜・(ノД`)・゜・。

제2장 ▌ 연하는 싫으신가요?

Why is
my strict
boss
melted
by
me ?

다음 날.

이 지역의 최고 온도가 오랜만에 30도를 넘었다. 여름이 연장되었다는 느낌이 들 정도로 더웠다.

이동 교실 수업을 마치고 돌아와 보니 한발 먼저 돌아와 있던 소꿉친구인 나카츠가 나오가 교실 구석에 기대고 앉아서 늘어지는 표정을 짓고 있었다. 게다가 갑자기 신고 있던 두꺼운 검정색 타이츠를 벗기 시작하더니.

"더워어~!"

휙, 내던졌다.

"이놈! 그러면 안 되지! 다른 사람들도 있는데 망측하게."

나는 곧바로 아무렇게나 던져진 타이츠를 주웠다.

"그래도 덥단 말이야~."

"아침에 날씨 예보를 제대로 보고 기온을 확인했어야지."

타이츠는 잘 모르겠지만, 두께 같은 걸로 좀 조절할 수 있을 텐데.

"나나야 아저씨 같아~. 잔소리 반대~."

"조용히 해. 정말, 더우면 교실 창문을 열던가."

나는 미지근한 나오의 타이츠를 뭉친 다음 앉아 있던 주인에게 던져주고 나서 환기를 하기 위해 창문을 열러 갔다.

"아, 과장님."

우리 1학년 7반 교실에서는 창문 너머로 건물 입구가 보인다. 그곳을 보니 학교 지정 운동복을 입은 과장님이 눈에 들어왔다.

다음 수업이 체육인가?

운동복 차림이 귀엽네.

내가 창문을 열고 빤히 보고 있자니 과장님도 나를 눈치챘는지 눈이 마주쳤다.

그녀가 살짝 손을 흔들었다. 나도 고개를 꾸벅 숙여 인사했다.

아~, 귀엽다.

귀엽다, 귀엽다, 귀엽다!

귀여워요, 과장님!

"무슨 일이야, 나나찌, 혼자서 싱글거리고."

어느새 곁으로 다가와 있었던 친구, 타도코로 오니키치가 내 얼굴을 보며 말했다.

"으어, 오니키치구나."

"맞아요, 오니 쨩입니다~! 히어 위! 오, 운동복 차림 토우카다. 그렇구나, 그래서 싱글거리고 있었구나, 나나찌~."

"그, 그런 거 아니야."

"히어 위, 히어 위~."

"또 그러시네~, 라는 말투로 히어 위를 써먹지 마! 그 말 진짜 너무 만능이네!"

여전히 갸루남 같은 분위기다.

첫 번째 고등학교 시절 때는 2학년 때부터 갸루남이 된 오니

키치도, 나와 과장님이 타임 리프한 것으로 인해 뭔가 영향을 받은 건지 이미 완전히 갸루남이 되었다.

구석에서 타이츠를 얼굴에 얹은 채 늘어져 있는 나오도 원래는 가슴 크기가 더 작았을 텐데, 약간 거유가 되었다.

나와 과장님은 이른바 나비 효과라는 것 아닐까 하고 해석했는데, 뭐, 다시 말해 미래는 바꿀 수 있는 것이니 노력하면 나도 저렇게 귀여운 과장님과 연인이 되는 것도…….

되는 것도…….

가능하려나.

"가능하지."

오니키치가 어깨를 두드렸다.

"어?! 초능력자야?!"

"왠지 나나찌가 토우카와 어울리게 될 수 있을까 하는 표정을 짓고 있길래. 나나찌라면 할 수 있어. 왜냐하면 나나찌는 최고의 남자잖아?"

"오니키치……, 넌 참……."

"나나찌……."

창문으로 불어온 바람에 흔들리는 커튼 앞에서 나와 오니키치가 마주 보았다.

"또 둘이서 저러고 있네."

뭔가 시끄러운 거유의 목소리가 들렸지만 무시했다.

그렇게 남자들끼리 청춘을 만끽하고 있자니 주머니에 들어있던 휴대폰이 우우웅, 짧게 진동했다.

"응? 메일인가?"

나는 피처폰을 딸깍, 열고는 메일을 확인했다.

주소록에 등록되어 있지 않은, 모르는 주소에서 온 메일이었다.

스팸 메일 같은 건 아니겠지? 그렇게 경계하면서도 메일 폴더를 열어보았다.

『마론입니다.』

제목을 보고 기억 속에 뭔가 걸리는 걸 느끼면서 곧바로 본문을 읽었다.

◇

오랜만입니다, 세븐나이트 님.

마론입니다.

잘 지내시나요?

주소를 알고 있는 프리 메일로.

보내는 방법도 있었지만.

스팸함에 들어가서.

눈치채지 못할 수도 있을 것 같아.

이쪽 메일로.

보냈습니다.

이 주소는.

단장님에게 가르쳐달라고 했습니다.

단장님이 다음에 오프라인 모임을 하자고.

제안하셨기에.

세븐나이트 님도 초대하고 싶어서.

메일을 보냈습니다.

만약 생각이 있으시다면.

참가해주셨으면 합니다.

답장 기다리겠습니다.

◇

편지의 인사말을 본 시점에서 나는 모든 것을 떠올렸다.

마론…….

내가 중학생 때 플레이하던 온라인 RPG 게임. 그곳에서 파티를 짰던 동료들 중 한 명이다.

물론 나는 그렇게까지 파고들지 않았고, 중학교 때 2년 정도만 하고 접었기에 깊은 관계는 아니다. 게다가 온라인에서만 이야기를 주고받은 사이다.

그렇게 온라인으로만 이야기를 나누다가 직접 만나보자는 것이 이른바 오프라인 모임이다. 그리고 11년 전 9월, 나는 분명히 이 오프라인 모임에 초대를 받아서 참가한 기억이 있다.

오프라인 모임은 즐거웠다.

즐거웠, 나? 11년 전이라 기억이 희미하긴 하지만 안 좋은 이미지는 없다.

그렇다, 오프라인 모임 자체는 아무런 문제도 없었지만…….

"이봐, 시모노, 종 울렸다. 얼른 앉아라."

담임이자 국어 담당 교사인 하야시 선생님의 목소리가 들렸다.

정신을 차리고 보니 교실에서 서 있던 사람은 나밖에 없었다.

"죄송합니다!"

나는 곧바로 자리에 앉았다.

"헤헤헤~, 나나야는 덜렁이~."

"나카츠가와도 몇 번을 말해야 알아듣겠냐. 셔츠 단추 채워라."

"에~, 그래도 덥단 말이에요~, 선생님."

"……뭐, 오늘 덥긴 하지. 그럼 적어도 단추를 하나만 채워라."

"네에~."

"오늘은 쪽지 시험 볼 거다~. 다들 집중해서 봐라~."

시작되는 수업.

안타깝게도 나는 메일로 머릿속이 가득 차서 수업에 집중할 수가 없었다.

아마 쪽지 시험 결과도 안 좋았을 것이다.

◆

항상 그랬듯이 식당에서 사누키 우동을 주문한 나는 쟁반을 들고 가며 11년 전에 있었던 일을 떠올리고 있었다.

메일을 보낸 사람, 마론 님. 그녀와 처음 만났던 건 초대받아서 갔던 오프라인 모임이었다.

일찌감치 게임을 접어버려서 껄끄러워하던 나를 파티 사람들은 따스하게 맞이해 주었다. 매우 싹싹한 사람들이었다.

마론 님도 마찬가지였고, 친절한 여자애였다.

아마 나보다 한 살 어린 중학교 3학년.

목소리가 치유계 성우 같고 얌전한 여자애다.

계속 고개를 숙이고 있었고 앞머리도 길었기에 얼굴이 자세히 생각나진 않지만, 귀여운 애라는 첫인상 때문에 가슴이 두근거렸던 건 기억이 난다.

그 마론 님이 다시 보낸 오프라인 초대.

두 번째 고등학교 생활이니 역사대로 메일이 오는 건 당연하지만, 나는 그 사실을 지금까지 잊고 있었다.

아니, 떠올리지 않게끔 하고 있었던 것이다.

왜냐하면 11년 전에 내가 그녀를 찼기 때문이다.

오프라인 모임으로부터 2주일 뒤. 나는 인생에서 처음으로 데이트 초대를 받았다.

상대방은 이번에 메일을 보낸 마론 님이다. 행선지는 도쿄 타워.

높은 곳에서 몸이 둥실둥실 뜬 듯한 감각까지 맛보니 하루 종일 붕 떠 있던 것 같았던 게 기억난다.

그리고 그날로부터 2주 뒤.

우리 학교에서 개최된 문화제 때 그녀에게 고백을 받았다.

27년 동안 단 한 번, 기적 같은 단 한 번, 시모노 나나야가 여자에게 좋아한다는 말을 들은 것이다.

그리고 놀랍게도 나는 그 기적 같은 단 한 번을 거절했다.

대학교 시절에 그 이야기를 친구들에게 했더니 다들 그랬다.

'그걸 거절하니 네가 인기가 없는 거지'라든가, '그 애랑 사귀면서 여자와의 거리감을 공부했으면 인생이 좀 바뀌었을지도 모르지. 여심을 알지 못하는 네게 찾아온 유일한 기회를 놓쳤다고'라든가. 옛날 이야기인데도 자비심 없고 신랄한 말들이었다.

나도 알아!

내가 인기 없는 건 여심에 둔한 내 탓이라는 것 정도는 안다고!

그리고 그런 내게 유일하게 고백해준 마론 님을 차다니, 건방진 것도 정도가 있지!

그때 마론 님과 사귀었다면 여자의 마음을 이해할 수 있는 어른이 되어서 이렇게 삐뚤어진 동정 같은 인생을 보내지 않았을지도 모른다.

그래도 어쩔 수 없잖아!

과장님을 좋아했으니까!

내가 좋아한 사람은 카미조 토우카니까!!

참고로 그 이야기도 친구에게 했더니.

'이루어지지 않는 사랑을 좇는 건 일편단심이 아니라 스토커라고 하는 거야, 시모노'라든가 '만화를 너무 많이 봤네. 그리고 넌 그냥 연상을 좋아하는 것뿐이잖아?'라고 하던데, 진짜 이 사람들 친구 맞나?

그리고 나는 그 이야기를 기억 속 깊은 곳에 봉인했다.

이렇게 글러먹은 남자를 좋아해준 애를 차버렸다는 무거운 짐을 도저히 짊어질 수가 없었기 때문이다.

우동을 들고 가면서 무의식적으로 빈자리에 앉은 나는 곧바로 휴대폰을 꺼내 그 메일을 다시 한번 확인했다.

이 오프라인 모임에 참가하면 또 그녀를 상처입히게 되어버린다.

그렇다면 아예 그 씨앗인 만남의 역사부터 개찬해버리면 그녀가 내게 마음을 줄 일도 없을 것이다.

애초에 인기가 없는 내가 티 없는 중학생의 호의를 사는 것 자체가 이상한 역사다.

좋아, 거절하는 답장을 보내야지.

그렇게 생각한 순간, 내가 들고 있던 휴대폰이 공중으로 스르륵, 떠올랐다.

손톱에 화려하게 물을 들인 예쁜 손가락이 크레인 게임처럼 내 휴대폰을 들고 갔다.

"아까부터 뭘 그렇게 심각한 표정으로 보는 건데?"

어느새 내 옆에 비와코 선배가 앉아있었다.

아니, 테이블의 식기로 보아 식사를 꽤 한 것 같으니 내가 눈치채지 못하고 그녀 옆에 앉아버린 모양이다.

비와코 선배는 몸 전체를 이쪽으로 돌려서 대담하게 다리를 벌리고 있었다. 치마가 엄청나게 짧아서 얇은 검정색 스타킹에 감싸여 있으면서도 무방비한 허벅지 너머로 보여선 안 되는 천이 슬며시 드러나 있었다.

스타킹 너머라 잘 보이는 건 아니지만⋯⋯, 보라색⋯⋯, 보라색⋯⋯?!

"뭐라고……?"

휴대폰을 빼앗아 든 비와코 선배가 싸늘한 눈빛으로 이쪽을 노려보며 말했다.

"아뇨! 비와코 선배는 역시 나오와는 달리 계획적으로 기온을 고려한 복장을 선택했다 싶어서요!"

"뭐? 영문을 모르겠거든?"

"스타킹 말이에요!"

"멍청아!"

따악! 정강이를 세게 걷어차였다.

"죄송합니다! 아니, 휴대폰 돌려주세요!"

"뭐? 싫거든? 어디 보자———, 오프라인 모임 초대……, 나나노스케, 오프라인 모임이 뭐야?"

"인터넷에서 알고 지내게 된 사람들과 직접 만나는 거예요."

아~, 뭔가 골치 아픈 일이 벌어질 것 같다.

"나나노스케, 그런 즉석 만남 같은 것도 해? 빵 터지거든?"

"즉석 만남이 아니라고요! 오·프·라·인·모·임!"

까앙!

건너편 자리에서 딱딱한 금속이 떨어진 듯한 소리가 울렸다.

그쪽을 보니 과장님이 고양이처럼 동공이 작아진 눈으로 이쪽을 보고 있었다. 쟁반 위에는 스푼이 굴러다니고 있었다.

"나나야 군……, 즉석 만남 같은 거 하고 다녀?"

"과장님?! 언제부터 거기!"

"당신이 비와코의 스타킹이 어쩌고저쩌고 할 때부터 이미 있었어!"

"아니, 애초에 비와하고 토우카가 밥을 먹고 있던 자리에 나나노스케가 온 거거든? 개웃겨."

뭐……? 처음부터 있었다고?!

내가 얼마나 멍하니 있었던 거지?

"그건 됐고, 즉석 만남 같은 거 하고 다녀? 그런 건 내가 용납 못 해!"

"맞아, 나나노스케! 야한 건 비와도 용납 못 한다고!"

"그러니까, 안 한다고! 오프라인 모임이라고 했잖아! 과장님도 오프라인 모임 정도는 무슨 뜻인지 아시잖아요?!"

"결국 그 오프라인 모임이라는 것도, 뭔가 유명한 유튜버 같은 사람이 팬인 애들하고 망측한 짓을 하는 거잖아!"

그건 오프파코고! 왜 그렇게 지식이 치우친 건데! 유튜버분들에게 사과해!

"아니, 저번에 아카히토라는 사람이 그런 동영상을 올렸다가 난리가 났었잖아!"

"그건 조작 영상이라고요! 어디에 진짜 오프파코 영상을 올리는 유튜버가 있는데요! 아니, 과장님이 아카히토 같은 사람을 알고 있다는 게 뜻밖이네!"

"빵 터지네. 아까부터 둘 다 무슨 말을 하는 건지 모르겠거든? 결국 오프라인 모임이라는 게 뭔데?"

그건 아까 설명했잖아. 설명했는데도 이런 상황이네.

어쩔 수 없지. 좀 더 구체적으로 설명할까…….

"제가 중학생 때 플레이하던 온라인 게임이 있는데, 그곳에서 알고 지내던 사람들하고 이번에 실제로 만나보자는 거죠."

"호오~, 그러니까 미팅이라는 거네?"

"아, 정말! 말도 하기 나름이네!"

좀 봐주라고. 봐, 과장님이 악귀 같은 표정으로 노려보고 있잖아.

"뭔가 재미있을 것 같네~. 그거, 비와도 갈래."

"네?"

"토우카도 갈 거지?"

"아니, 그러니까, 네?"

조심조심 과장님의 얼굴을 보았다.

"……."

뭔가 턱에 손을 대고 약간 진지하게 고민하고 있어!

"아니, 과장님, 그렇게 고민할 것까지는……. 비와코 선배도 농담하지 말고 휴대폰 돌려주세요."

내가 비와코 선배로부터 휴대폰을 빼앗기 위해 악전고투를 벌이고 있자니 과장님이 결심한 듯한 듯이 목소리를 냈다.

"갈게."

"네?"

"오프라인 모임, 가자!"

아니, 그러니까.

뭐?

오프라인 모임은 그런 게 아니라고요~!!

◆

맞이한 주말. 토요일 오후 1시.

전철을 한 시간 정도 타고 가서 도착한 역에서 나는 메일에 적힌 주소를 확인하고 있었다.

오프라인 모임은 1년 전과 마찬가지로 이 역에 있는 약간 큼직한 노래방에서 진행될 모양이었다.

그래도 자세한 위치까지는 기억하지 못했기에 참가한다고 답장을 보낸 다음에 받은 개최 내용을 보면서 목적지로 향했다.

"에휴……."

결국 참가하게 되어버렸다.

다시 말해 이 역사에서도 마론 님과 만난다는 뜻이다.

"나나노스케, 왜 한숨을 쉬는 거야? 이제부터 파티에 참가할 거니까 신나게 가야 하는 느낌이거든?"

"비와코, 이제야 냉정하게 생각한 건데, 우리가 이 오프라인 모임에 참가해도 되는 걸까?"

역사와 달라진 건 왠지 모르겠지만 이 아마쿠사 미나미 고등학교 톱 미소녀 2인조가 따라왔다는 점이다.

"괜찮아~, 괜찮아~. 단장님에게 연락해서 허락받았으니까."

그녀가 말한 단장님이란 이번 오프라인 모임의 주최자이자 파티를 이끌던 사람이다.

며칠 전. 이러쿵저러쿵해도 상식적으로 생각하는 비와코 선배는 미리 주최자의 허가를 받고 싶다며 내게 단장님의 연락처를 물어본 다음에 곧바로 전화를 걸었다. 그리고 치트급으로 터무니없는 커뮤니케이션 능력으로 눈 깜짝할 새에 단장님과 사이가 좋아졌고, 오프라인 모임에 참가해도 된다는 허락을 받았다…….

진짜로 괴물이냐고, 사콘지 비와코.

목적지인 노래방은 역에서 5분 정도 걸어간 곳에 있었다.

우리는 안으로 들어가서 접수처에 있던 점원에게 예약했다는 사실을 말했다.

보아하니 다른 멤버들이 먼저 와 있는 모양인지 방 번호만 듣고 곧바로 엘리베이터를 탔다.

"첫 미팅이라 기대되거든."

"그러니까 미팅이 아니라는 걸 몇 번이나 말해야 알아들으실 건데요. 아니, 의외로 미팅 같은 걸 해보신 적이 없나 보네요, 비와코 선배."

"뭐~, 왠지 알고 지내는 대학생들이 자주 초대하곤 하는데, 비와는 연상을 별로 안 좋아하잖아?"

"아니, 저는 모르는데요. 연상을 좋아하지 않는다는 말은 방금 처음 들었네."

그리고 예상대로 대학생이 잔뜩 꼬시곤 하나 보다. 인기 있는 여자는 역시 다르다.

"그래도 오늘은 나나노스케의 친구고, 단장님도 동갑인 것 같으니까 전혀 싫지 않거든."

"네, 네. 그러신가요? 만약 나중에 '진짜' 미팅 같은 걸 하러 가더라도 과장님을 꼬셔서 데리고 가진 말아주세요. 과장님은 그런 거 싫어하니까."

만약 이 두 사람이 미팅에 참가하면 남자 쪽은 엄청 신이 나겠지. 엄청나게 들이댈 게 분명하다. 그것만큼은 용납할 수 없어.

"뭐? 뭐야, 나는 토우카를 잘 알고 있다, 그렇게 어필하는 거야? 그런 건 나나노스케가 말하지 않아도 알고 있거든?"

"그럼 상관없지만요."

"나, 딱히 미팅을 딱히 싫어하는 건 아냐. 오히려 적극적으로 참가하는데."

""뭐?!""

"어렸을 때부터 회의하는 걸 좋아했거든. 미팅이라면 그거잖아, 회사에서도 자주 하는 거!"

""…….""

"아하하, 막 이래~! 농담이야, 농담. 재미있었어?"

"……쳇, 놀라게 하지 말라고, 열받네. 토우카는 개그 센스가 별로 없으니까 그런 말 하지 마."

"어? 실수했나?! 회의라고 하면 미팅이지! 나나야 군도 잘 알잖아, 안 그래?"

"과장님, 어울리지 않는 행동은 하지 마세요. 그런 건 나오나 비와코 선배가 할 테니까."

"뭐야! 나도 가끔은 유모어 센스가 있다는 걸 보여줘도 상관없잖아!"

"유모어라는 단어부터 이미 진지한 애가 무리하는 듯한 느낌이 들거든."

"딱히 무리하지 않았거든?!"

"아, 도착했네요. 자, 과장님, 이제 그건 잊고 가시죠, 네?"

"잠깐만, 왜 그렇게 조심스럽게 대하는 건데! 그렇게 썰렁했어?!"

엘리베이터 문이 열렸기에 나와 비와코 선배는 계속 따지는 과장님의 손을 말없이 잡고 억지로 끌고 갔다.

"음, 방 번호는 404네요."

"빵 터지네. 왠지 불길한 숫자거든? 뭐, 불길한 일은 이미 벌어졌지만."

"그렇긴 하죠."

"으으으……, 둘 다 너무해~."

가게 안이 넓어서 4층을 빙글빙글 돌아다니다 겨우 404호실을 발견했다.

넓은 연회용 방이었다.

희미하게 11년 전 기억이 되살아났다.

그때도 분명히 이런 곳이었던 것 같은데.

나는 약간 긴장하며 다시 그녀와 만나게 될 문을 밀었다.

안으로 들어가자 낯익은 남자 두 명이 소파에 앉은 채로 이쪽을 보았다.

단장님하고……, 아마 제일 연상인 헤치마 님일 것이다.

"안녕하세요~."

그렇게 말하자마자 다른 한 명, 몸집이 작은 여자애가 내 앞으로 기운차게 다가왔다.

"처, 처음 뵙겠습니다! 세븐나이트 님! 저, 마론이에요!"

그녀는 약간 쑥스러운 듯이 그렇게 말하며 얼굴을 붉게 물들이고는 방긋 웃었다.

응?

누구지……?

아니, 마론 님이라는 건 알고 있다.

나는 고백해준 사람의 얼굴을 잊어버릴 정도로 최악인 남자가 아니다.

하지만 왠지 기억 속의 마론 님과는 다른데———.

느껴지는 위화감. 그 정체를 금방 알 수 있었다.

앞머리가 짧다.

짧다고 해야 하나, 눈이 가려질 정도로 길었던 앞머리가 눈썹 위에 닿고 있다. 뒤쪽이나 옆쪽도 미용실에서 다듬고 온 것 같은 예쁜 보브컷이다.

그렇게 내성적이었던 인상이었는데 마치 다른 사람 같다. 헤어스타일 하나로 이렇게 바뀌나?

가슴 크기가 한 컵 이상 커진 나오나 갸루남 데뷔를 1년 앞당긴 오니키치의 변화에 비하면 헤어스타일이 바뀐 정도는 그렇게까지 놀랄 게 아닐지도 모르겠지만, 솔직히 인상만 따지면 제일 크게 바뀐 것 같기도 하다. 이것도 우리가 타임 리프해 온 것에 의한 나비 효과인가? 약간 귀엽다는 생각이 들어버렸다.

역시 본질적인 알맹이는 여전히 내가 알고 있던 마론 님이었던 모양인지 풍기는 치유계 오라는 11년 전과 마찬가지였다.

그런 마론 님이 곧바로 내게 말했다.

"저, 저, 저기, 저, 세븐나이트 님을 만나는 걸 정말 기대하고……."

그리고 말하던 도중에 그녀의 입이 벌어진 상태로 멈췄다. 시선이 내 뒤쪽으로 움직였다.

"누……, 누구시죠……?"

그야 파티 멤버가 다 모여 있는데 모르는 여자가 두 명이나 방안으로 들어왔으니 놀랄 만도 할 것이다.

마론 님의 눈이 동그래졌다.

"이예이~, 비와야~. 잘 부탁해~."

마론 님이 천천히 뒤로 물러나기 시작했다.

껄끄럽지? 이런 사람. 응, 나도 그랬어.

그 모습을 보고 있던 단장님이 소파에서 일어섰다.

"아, 비와코 양, 안녕. 다른 사람들에게는 말하지 않았었는데, 세븐나이트 님의 친구도 참가하게 되었거든. 진짜~, 대단한 사람이라 말이지. 나도 금방 사이좋게 지내게 되었어."

"네에~, 네에~, 그런 거야~."

아니, 단장님, 다른 두 사람에게는 말하지 않은 거냐고.

"저, 저기⋯⋯, 카미조 토우카라고 합니다. 저도 참가하게 되어버렸는데 괜찮을까요."

이 타이밍밖에 없다고 생각한 건지 과장님이 미안하다는 듯이 비와코 선배 뒤에서 고개를 내밀었다.

"물론이지! 이야기는 비와코 양에게 들었으니까!"

단장님이 말했다. 이것저것 이 사람이 혼자 마음대로 정했는데 정말로 괜찮은 건가? 마론 님이 새파랗게 질려서 과장님의 얼굴을 보고 있는데.

"다, 단장님, 저는 그런 말 못 들었는데요! 파티 사람들끼리만 모이는 줄 알았어요! 아니, 오프라인 모임은 보통 그런 거 아닌가요?! 안 그래도 첫 오프라인 모임이라 다들 처음 만나는 자리인데!"

그렇지.

나도 엄청 공감해.

친구들하고 놀러 가는데 멋대로 내가 모르는 친구를 불러오면 리얼충이 아닌 우리는 꽤 힘들단 말이지.

"뭐, 괜찮잖아. 마론 님 말대로 다들 처음 만난 사이니까 사람이 늘어나도 마찬가지지. 즐기자고."

그랬단 말이지~. 단장님은 이런 사람이었단 말이지~. 이제 생각나네.

꽤 털털하다고 해야 하나, 좋은 말로 하자면 낯을 가리지 않는 리얼충 쪽 사람이란 말이지~.

그런데 헤치마 님은 어떨까.

그는 굳이 말하자면 나나 마론 님과 비슷한 성격이었던 것 같다.

떠들썩한 건 별로 좋아하지 않는…….

"어……, 아니, 아마쿠사 고등학교의 카미조 양하고 사콘지 양 아니야? 우와……, 진짜로? 대학교 게임 동아리 친구들에게 자랑할 수 있겠네."

이봐, 뭔가 혼자서 중얼대는 목소리가 들리는데. 내용을 전부 알아들을 수 있을 정도로 들리는데.

"단장님, 굿 잡!"

이제 혼잣말조차 아니다. 단장님에게 엄지손가락을 치켜들며 기뻐하고 있다.

아니, 과장님하고 비와코 선배는 다른 동네 대학생도 알고 있을 정도로 유명한 거야?

새삼 생각해봐도 대단하네.

이런 여자애들이 두 명이나 모인 아마쿠사 고등학교는 거의 기적의 학교다.

단장님도 혹시 처음부터 이 두 사람을 알고 참가 허가를 내준 건 아니겠지?

결국 수상쩍어하는 건 마론 님뿐이었지만, 분위기를 파악한 모양인지 그녀도 소파에 앉아 포기하는 기색을 보였다.

왠지 가엾다.

그런 미안한 마음과 함께 시모노 나나야의 인생 두 번째 오프라인 모임이 시작되었다.

◆

"건배~!"

주문한 음료수가 도착하자 단장님이 나서서 구호를 외치며 모임을 시작했다.

테이블을 사이에 둔 소파 두 줄에 앉은 사람들.

오른쪽 줄에는 안쪽부터 나, 단장님, 헤치마 씨.

왼쪽에는 내 정면에 마론 님, 그리고 비와코 선배, 과장님 순서대로 앉아있다.

참고로 입구 쪽에 여자들이 앉았다.

과장님을 저런 말석에 앉히다니. 인터폰이 과장님 바로 옆에 있고, 좀 전에도 음료수 6인분을 주문시키게 되어버렸다. 아, 지금 당장에라도 자리를 바꾸고 싶다. 나중에 확실히 사과해야겠다.

"그럼 우선 한 명씩 자기소개를 해볼까?"

"단장님, 물론 나중에 자리를 바꿀 거죠?"

"물론이지, 헤치마 님. 우리 파티가 아닌 사람도 있으니 본명으로 자기소개를 하자고. 취미 같은 것도 알 수 있으면 좋겠어."

진짜로 미팅 같은 분위기가 됐잖아!

왠지 남자랑 여자로 줄도 깔끔하게 나뉘었고!

헤치마 님도 왜 그렇게 실실대는 건데! 아첨 떨기는, 당신은 단장님보다 연상일 텐데!

내가 그렇게 고민하고 있자니 뭔가 기분 나쁜 오라가 느껴졌다.

오랫동안 길러온 감으로 오라의 발신지를 곧바로 알아냈다.

내 대각선에서 과장님이 설녀처럼 싸늘한 표정으로 이쪽을 보고 있었다.

들린다.

들린다고. 과장님 마음의 소리가.

결국 미팅이네. 역시 처음부터 이런 게 목적이었구나.

그렇게 말하고 있다.

아까까지 회의가 어쩌고저쩌고 하면서 이해가 잘 안 되는 개그를 하던 과장님이 몇 년 동안 봐 왔던 평소의 엄한 여자 상사로 돌아가 있다.

아니에요. 그게 아니라고요. 과장님.

이런 건 역사에 없었던 일이에요.

11년 전에는 그냥 푸근한 오프라인 모임을 가지고 두 시간 정도 만에 해산했다고요.

그런데 어째서 이런 일이……, 아니, 과장님하고 비와코 선배가 와서 그렇잖아요!

"그럼 헤치마 님부터 차례대로 자기소개 부탁해."

"네! 닉네임 헤치마, 니시 히카루입니다. 대학교 2학년, 19세. 이름은 멋진데 외모가 이래서 이름값을 못한다는 말을 자주 듣습니다. 자타공인, 어엿한 오타쿠입니다! 호, 호, 혹시 만화 같은 것에 흥미가 있으시다면 추천해드리겠습니다!"

비와코 선배를 힐끔거리는 헤치마 님. 어, 설마 비와코 선배에게 한눈에 반하기라도 한 건가?

헤치마 씨는 안경을 낀 도련님 헤어스타일에 약간 통통하다. 체크무늬 남방을 청바지 안에 넣어 입은 전형적인 오타쿠 스타일이지만, 그걸 자신 있게 밀어붙이는 사람이기에 나도 꽤 존경했다. 비와코 선배 같은 엄청난 갸루를 데리고 오면 싫은 기색을 보이지 않을까 약간 걱정했는데, ······사람의 취향은 알 수 없는 법이구나.

아니, 너무 실실대잖아. 그리고 11년 전에는 이런 흐름이 되지 않았기에 본명을 들은 것도 이번이 처음이다.

헤치마 님 다음으로 일어선 것은 옆에 있던 단장님.

헤치마 님과 마찬가지로 안경을 끼고 있지만, 이쪽은 요즘 스타일인 동그란 안경이다. 나름대로 멋을 부렸고 몸매가 날씬한 남자다.

단장님은 팔짱을 끼고 자기소개를 하기 시작했다.

"단장, 야시키 타카히로, 고2. 뭐, 다들 단장님이라고 부르는 데 익숙해졌으니까 호칭은 그대로 유지해도 괜찮을 것 같은데. 취미는 게임과 독서. 요즘은 자기개발서를 자주 읽곤 해."

단장님이 으스대는 듯이 말했다. 그 시선 끝에는 과장님이 있다. 단장님 취향은 과장님인가? 정작 과장님 본인은 여전히 싸늘한 표정을 지으며 우롱차를 마실 뿐, 눈치채지 못한 것 같지만. 단장님은 자기개발서를 읽는다는 것이 나름대로 어필 포인트라고 생각하는 것 같다. 뭐, 그래도 과장님은 향상심이 있는 사람을 좋아하는 게 분명하니 그렇게 어필이 엇나간 건 아닐 것 같기도 하네.

단장님이 앉자 내 차례가 되었기에 어쩔 수 없이 일어섰다.

"세븐나이트, 시모노 나나야입니다. 아마쿠사 고등학교 1학년입니다. 취미는······."

"연상 여자잖아~?"

비와코 선배가 끼어들었다.

"무슨! 취미가 연상 여자라는 건 대체 뭔데요! 비와코 선배! 제가 바람둥이라는 식으로 말하지 말아주세요!"

"나오퐁에게 들었다고. 오니키치도 비슷한 말을 했거든?"

그 녀석들, 또 쓸데없는 소릴······.

"뭐, 연상 여자를 좋아하는 건 맞는 말이지만요. 취미는 격투 게임입니다! 그리고 주말 목공. 이상!"

나는 창피한 마음을 숨기기 위해 토라진 듯이 앉았다.

"주말 목공이라니, 아저씨냐고, 나나노스케. 빵 터지거든?"

시끄러워. DIY라고 멋지게 말해도 바보 취급할 거 아냐. 그리고 아저씨 맞다고.

남자들의 자기소개가 끝나자 이번에는 여자들 차례가 되었다.

남자와 마찬가지로 바깥쪽부터 하게 되었다.

다시 말해 과장님.

어라? 혹시 과장님의 취미를 알 수 있는 건가······?

예전에는 핫요가나 헬스장에 다니는 거라고 했는데, 그건 타임리프 직후에 했던 이야기니까 말하자면 회사원 시절의 취미다. 혹시 고등학생으로 돌아온 과장님의 사생활에 대해 들을 수 있는 기회 아닐까?

오오, 오프라인 모임은 최고구나! 미팅은 최고야!

"자, 토우카 차례거든. 왜 그렇게 멍하니 있어."

"어, 아, 나구나."

"빵 터지네."

뭔가 생각이라도 하고 있었던 건지 과장님은 비와코 선배가 쿡쿡 찌르자 급하게 일어섰다.

"처음 뵙겠습니다, 카미조 토우카라고 합니다. 시모노 나나야 군과 마찬가지로 아마쿠사 미나미 고등학교 2학년입니다. 오늘은 게임 동료도 아닌데 갑자기 참가해서 죄송합니다. 잘 부탁드립니다."

엄청나게 딱딱하잖아! 아니, 취미는?!

"잠깐만, 토우카~, 취미도 말하라고~. 분위기 파악하란 말이야~."

잘한다! 비와코 선배!

단장님도 그렇고, 2학년은 믿음직스럽네!

자, 과장님, 말하라고!

정 뭐하면 나도 그 취미를 내일부터 시작해버릴 테니까!

"어……, 취미 같은 걸 말해야 하는 거야? 부, 부끄러운데."

네, 귀여워요. 부끄러워하는 과장님이 귀여워요.

하지만 귀엽다고 해도 뭐든 용납되는 건 아니니까. 얼른 말해. 당신의 취미를 말하라고, 카미조 토우카!

"취미 정도로 뭘 그렇게 부끄러워하는 건데? 얼른 말하라고~."

맞아! 말해! 말해!

"어……, 음……, 마음에 드는 연애 노래를 플레이 리스트에 정리하는 거려나. 가상 음악 페스티벌을 머릿속으로 개최하면 서 짜나가는 건데, 정말 잘 짜여지면 엄청 신이 나기도 하고."

"뭐야 그게, 기분 나빠."

"뭐야! 말하라고 해놓고 너무하잖아! 비와코!"

"그럼 다음은 비와야! 사콘지 비와코, 고2! 취미는 노래방, 그 리고 요즘은 풋살 같은 걸 자주 해~!"

"잠깐, 무시하지 마!"

나이스 무시야, 비와코 선배. 나도 솔직히 정색할 뻔해서 표 정에 드러난 건 아닌지 걱정했으니까. 이제 과장님 취미 이야기 는 하지 말자. 은근슬쩍 풋살 같은 걸 하는 비와코 선배가 너무 인싸라 그쪽도 나름대로 정색하긴 했지만.

비와코 선배가 자연스럽게 자기소개를 마쳤고, 이제 마론 님 만 남았다.

"마론이라는 닉네임으로 힐러를 했던 우시키 오구리입니다. 지금은, 저기……, 중학교 3학년이에요. 취미는……, 만화를 그 리는 거고요."

마론 님, 우시키 오구리가 일어서서 말했다. 물론 그녀의 본 명은 기억하고 있다. 일단은 연하라서 타임 리프를 하기 전에는 오구리라고도 불렀다. 만화를 그린다는 건 몰랐지만, 그림을 잘 그린다는 이야기는 11년 전에도 본인에게 들은 적이 있다.

오구리는 살짝 숨을 내쉬고는 곧바로 앉았다.

모두가 자기소개를 마치자 곧바로 단장이 나서서 진행을 맡았다.

"그럼 왕 게임이라도 할까?"

""그러니까, 미팅이 아니라고요!!""

나와 오구리가 동시에 일어나 테이블을 내려치며 외쳤다.

백보 양보해서 이게 미팅이라고 해도 자기소개를 마치자마자 왕게임을 하는 미팅이 어디 있어! 없지? 없을 거야!

"왕 게임 찬성~! 비와는 한번 해보고 싶거든~."

"그러니까, 당신은 누군데요!"

오구리가 비와코 선배를 노려보며 얼굴을 붉혔다. 얌전한 그녀가 이렇게까지 흐트러진 모습을 보여준 적은 기억에도 없다. 이런 전개가 되었으니 혼란스럽긴 하겠지.

"비와는 비와거든? 방금 자기소개도 했잖아, 야~."

그리고 이런 갸루다.

꼴을 보고 있던 과장님이 눈을 치켜뜨며 모두에게 말했다.

"왕 게임 같은 저속한 놀이라니, 아직 어린애니까 안 돼."

과장님이 보호자처럼 말하자 좀 전까지 들떠 있던 비와코 선배의 목소리 톤이 낮아졌다.

"어~, 야한 거라면 비와도 바람직하지 않다고 생각했거든."

왕 게임 같은 건 남자의 흑심을 그대로 드러내는 게임에 불과할 텐데, 비와코 선배는 예상하지 못한 모양이다. 알아갈수록 순수한 구석이 드러나는 갸루네.

정면을 보니 오구리가 복잡한 듯한 표정을 짓고 있었다. 비와코 선배를 보고 대체 어느 쪽이냐며 태클을 걸고 싶은 것 같다.

어찌 됐든 흐름이 바뀌어서 왕 게임을 하지 않는 분위기가 되어가던 순간, 단장님이 포기하지 못했는지 입을 열었다.

"그렇게 과격한 행동은 하지 않을 거야. 물론 저격하듯이 개인을 지명하는 건 NG라는 규칙도 확실하게 지킬 거고. 다들 처음 만났으니 규칙만 잘 지키면 서로에 대해 알아가는데 괜찮은 커뮤니케이션이 될 것 같거든. 예를 들어 좋아하는 이성의 타입을 말한다라거나."

""좋아하는 이성의 타입?!""

반응을 보인 사람은 과장님과 오구리.

두 사람은 큰 목소리를 낸 다음 안절부절못하기 시작했다.

"뭐야, 그 정도라면 비와도 딱히 상관없거든. 역시 찬성파~."

의견이 휙휙 바뀌는 사람이네, 정말. 뭐, 그래도 이제 와서 비와코 선배가 찬성해봤자 이렇게까지 거부 반응을 보이는 과장님과 오구리가 고개를 끄덕일 리는 없지. 솔직히 과장님이 좋아하는 타입을 물어볼 기회라는 흑심이 생기기도 했지만, 그렇게 원만한 왕 게임으로 끝날 거라는 보장은 없다. 이 안절부절못하는 반대파 둘과 결탁해서 단장님의 저항을 막아주지.

"처음 만난 사람에게 갑자기 이성 취향을 말하기는 너무 부끄럽잖아요. 안 그래? 오구리."

"시모노 선배가 좋아하는 타입을 물어볼 수 있어……, 시모노 선배가 좋아하는 타입을 물어볼 수 있어……."

"응? 뭐야? 오구리, 왜 그래?"

목소리가 작아서 잘 알아들을 수가 없었지만, 아마 지금 상황에 대한 불만이 새어 나온 것 같다. 역시 왕 게임 같은 건 하기 싫은가 보네.

"저, 왕 게임 하고 싶어요!"

"오구리?!"

어째서?!

대체 뭐가 어떻게 되어서 반기를 든 건데. 귀중한 전력이…….

하지만 이쪽에는 아직 과장님이 남아있지.

"아니, 아니, 모처럼 노래방에 왔으니 모두 함께 노래라도 부르는 게 좋을 것 같은데요. 안 그래요? 과장님."

"……그래."

"역시 과장님."

"다들 그렇게까지 말한다면 하자. 왕 게임!"

"과장님?!"

이제 슬슬 인정할 필요가 있을 것 같다.

이게 오프라인 모임이 아니라 미팅이라는 걸.

◆

""왕은 누구냐~.""

"우오오오! 접니다~!"

헤치마 님이 일어섰다. 진짜 즐거워 보인다. 자중하라고, 대학생.

헤치마 님은 일어선 채 턱에 손을 대고 천장을 올려다보았다.

내 기억에 따르면 이 사람은 꽤 상식이 있는 사람이었을 테니 고등학생 상대로 이상한 명령은 내리지 않겠지. 단장님보다는 안심이 된다.

"그럼 3번이 '침략합시다☆'를 불러주세요!"

아니, 노래를 부르는 건 여기가 노래방이니까 무난하고 상식적인 명령이긴 한데, 선곡 좀!

아마쿠사 고등학교 두 사람은 그 곡을 모르잖아!

"3번, 난데……, 미안해, 그 곡은 몰라."

과장님이 곤란한 표정을 보이며 말했다. 역시나!

"저, 저는 아는데요."

그때 끼어든 사람은 오구리였다. 오구리는 부끄러운 듯이 눈을 이리저리 굴리면서도 왠지 으스대는 표정을 짓고 있는 것 같기도 했다.

으스댈 만한 요소가 있어?

"아, 아, 아니, 파티 멤버라면 아는 게 당연한 곡인데요. 그렇죠? 시모노 선배."

나?!

"뭐, 파티 멤버들은 최신 애니메이션 정도는 체크하고 있을 테니까……."

"그것 보세요! 우리는 취미가 잘 맞으니까요!"

역시 오프라인 모임을 망쳐서 화가 난 거야? 오구리. 애초에 취미가 맞는 사람들끼리 모일 예정이었으니까. 헤치마 님의 선곡은 그런 의미로는 사실 잘못된 게 아니다.

"그럼……, 마론 님이 불러줄래?"

헤치마 님이 껄끄러운 표정을 지으며 말했다. 아니, 왕 게임은 어쩌고!

"네, 물론이죠. 저는 애니메이션도 잘 아니까요. 부를게요."

오구리가 계속 으스대는 표정을 지으며 말했다. 너도 왜 그렇게 신이 난 건데? 왕 게임의 규칙은 알아?

"우시키 양, 괜찮겠어? 미안해, 대신 부르게 해버려서."

과장님도 왠지 미안하다는 듯이 오구리를 보고 있다. 뭔가 모든 것이 들어맞지 않는 것 같은데 나만 그렇게 생각하나?

그런 와중에 처음부터 끝까지 지켜보고 있던 비와코 선배가 기회를 노리고 있다가 엄청나게 신나는 분위기로 이야기에 끼어들었다.

"오, 그거 좋다~, 꼬맹이! 그럼 비와도 같이 부를 건데!"

"비와코 선배도 참, 그렇게 기세만 좋게 말한다니까. 이 곡 모르잖아요."

"뭐? 알거든?"

"아니아니, 고집 안 부려도 되니까."

"오징어 소녀잖아. 죽인다, 나나노스케."

"툭하면 살벌한 소리를 한다니까! ……아니, 방금 뭐라고?!"

"비와의 연줄을 써서 근처 2학년하고 3학년을 모은 다음 집단 구타를 가해서 죽인다? 나나노스케."

"그게 아니라! 그리고 구체적인 살해 방법을 덧붙이지 말고! 너무 리얼해서 진짜로 무섭네!"

"아까부터 왜 반말해?"

"앗, 네. 죄송합니다. 집단 구타만은 봐주세요."

"좋았어, 그럼 꼬맹이하고 오징어 소녀 오프닝을 불러야지!"

"아니, 그러니까 어떻게 비와코 선배가 오징어 소녀를 아는 건데?!"

이 사람은 애니메이션 같은 건 절대로 안 볼 텐데.

"그야 단장한테 모이는 멤버가 애니메이션 같은 걸 좋아한다는 이야기를 들었으니까 최근 추천작 같은 걸 물어보고 예습해 온 거거든?"

역시나! 이 사람은 진짜 이런 구석이라고 해야 하나, 뭐라고 해야 하나. 좋은 사람이네!

비와코 선배가 곡을 입력하고 마이크를 들었다. 인트로가 흘러나오자 곧바로 나온 구호도 완벽하게 따라 했다. 한편, 안절부절못하면서 마이크를 두 손으로 들고 있던 오구리도 1절 멜로디에 접어들자 망설이던 마음을 떨쳐냈는지 제대로 노래를 부르기 시작했다.

이러쿵저러쿵해도 신이 난 일행. 그 구석에서 과장님만 혼자서 테이블을 바라보며 어두운 표정으로 혼자서 중얼거리고 있었다.

"비와코는 다른 사람에게 맞춰주면서 확실하게 신경을 썼는데 나는……."

수준이 엄청 높은 반성을 하고 있다. 과장님은 일에 대해 엄격하지만 그것을 뛰어넘을 정도로 자신에게도 엄격하다. 그런 걸 신경 쓸 필요는 없는데, 정말 성격이 까다로운 분이다.

오징어 미소녀에게 침략당한 우리 방은 열기가 식지 않은 채 다음 턴으로 넘어갔다.

"""왕은 누구냐~."""

내가 뽑은 제비를 보았다———. 1번이구나. 단장님이 왕이 되면 약간 불안한데, 과연 이번에는 누가…….

"이예이~! 비와가 왕이거든! 다들 미안해~, 사과~."

비와코 선배구나. 뭐, 이 사람은 야한 걸 싫어하는 순수한 정신을 지닌 사람이니까 저속한 명령을 내리진 않겠지.

"1번이…….

으엑……, 나구나. 막상 당사자가 되니 불안해지네. 부탁이니까 이상한 명령을 내리지 말라고.

"4번 손목 때리기!"

오오! 게임다운 분위기를 유지하면서도 선을 넘지 않고 딱 좋은 느낌! 역시 비와코 선배는 대단해!

왕의 명령을 듣고 다들 자기 번호를 확인했다. 자, 내가 손목을 때릴 사람은 누굴까…….

"아, 4번, 나야."

슬쩍 손을 든 사람은 과장님이었다.

좀 전까지 들었던 안심감이 눈 깜짝할 새에 날아갔고, 단숨에 핏기가 가셨다.

아차———. 이런 패턴일 경우를 잊고 있었다.

저렇게 가녀리고 하얀 과장님의 손목을 때린다고? 못 해, 못

해, 못 해. 아무리 게임이라 해도 부하가 상사에게 그런 짓을 할 수 있을 리가 없지. 하지만 왕의 명령은 절대적이라서.

"잠깐, 1번 누구인데? 얼른 나오라고."

"……저, 접니다."

"나나노스케냐~."

게임이 중단될 만한 기적도 일어날 리가 없다.

분위기를 제대로 파악하고 있는 건지, 아니면 딱히 신경 쓰지 않는 건지, 과장님은 담담하게 팔을 걷어붙인 다음 대각선 방향에 앉아있던 내 앞에 팔이 닿게끔 테이블 쪽으로 몸을 내밀었다.

"자, 나나야 군."

가녀린 팔이 내 앞으로 다가왔다.

모두가 이쪽을 주목하고 있다. 이 긴장되는 분위기는 대체 뭐지?

하지만 계속 망설여봤자 분위기만 이상해질 것 같다. 나는 각오를 다지고 과장님의 팔을 잡았다.

내 손이 닿자 과장님은 약간 몸을 움찔거리며 떨었다.

매끈매끈한 과장님의 피부는 싸하게 시원한 느낌이었고, 상상했던 것보다 부드러웠다.

나는 조용히 다른 쪽 손으로 손목을 때릴 자세를 취했다.

그러자 과장님이 촉촉한 눈으로 나를 보며 말했다.

"나나야 군……, 살살 해줘."

"……윽!"

이, 이 감정은 대체 뭐지?

엄청난 배덕감과 함께 정체를 알 수 없는 고양감이 내 몸속을 맴돌았다.

나는 견딜 수가 없어서 곧바로 명령을 내린 장본인인 비와코 선배를 보았다.

그녀가 이쪽을 힘껏 노려보고 있었다. 손목 때리기라고는 해도 내가 과장님을 때린다는 게 비와코 선배를 분노하게 만들어버린 건가? 아니, 명령을 내린 건 당신이잖아.

음……, 아니구나. 나를 힘껏 노려보고 있긴 하지만 저건 분노한 눈빛이 아니다. 눈 근처가 약간 붉게 물들었어. 혹시…….

틀림없다. 역시 나와 마찬가지로 배덕감과 고양감 사이에서 몸이 달아올랐어.

그래, 겁을 먹은 이 카미조 토우카의 모습을 보고…….

흥분한 거다!

아, 우리는 어찌 이리도 죄가 많은 사람인 걸까.

하지만 불이 붙은 정열은 멈출 수가 없다.

비와코 선배가 턱을 끄덕이며 내게 말없이 신호를 보냈다.

'해라'.

훗……, 당신도 참 못된 사람이야.

"과장님, 용서해주시길!"

짜악!

나는 있는 힘껏 과장님의 손목을 때렸다.

직전에 멈추지도 않고 있는 힘껏.

"흐앙!"

그녀가 살짝 요염한 목소리를 냈다.

하얗고 깨끗했던 팔에 약간 빨간 기운이 돌기 시작했다.

아, 왕 게임이 이렇게 악마 같은 놀이였다니.

비와코 선배 쪽을 보니 그녀도 입술을 깨물며 무언가를 참고 있는 것 같았다.

나는 숨을 고르면서 흥분했다는 사실을 들키지 않게끔 과장님에게 신중하게 말을 걸었다.

"죄송합니다, 과장님……, 괜찮으신가요?"

"아팠어. 정말, 살살 해달라고 했는데……."

양쪽 볼을 부풀린 채 삐진 모습을 보이는 과장님.

안 되겠다. 더 이상 발을 내디디면 열어서는 안 되는 문을 열어버릴 것 같아.

나는 냉정한 척하면서 단장님에게 다음 턴으로 넘어가자고 재촉했다.

"그럼 다음. 자, 다들 제비 뽑고."

내가 재촉하자 단장님은 순순히 제비뽑기용으로 만든 젓가락을 쥔 채 사람들 앞으로 내밀었다.

슬슬 나도 왕이 될 만한데? 그러면 손목 때리기를 한 번 더……, 아니! 아니! 내가 이렇게 사악한 생각을 하다니.

"""왕은 누구냐~."""

제비뽑기를 마치고 구호가 한데 겹쳤다.

"나구나."

방긋방긋 웃으면서 대답한 사람은 단장님이었다.

확률상 언젠가는 걸릴 것 같긴 했는데, 단장님이라⋯⋯. 내 생각과는 달리 헤치마 님은 단장님에게 무언가를 기대하는 듯이.

"부탁합니다아, 단장니임."

남자들에게만 들리는 목소리로 중얼거렸다.

그 말에 대답하듯 미소를 지으며 단장님이 입을 열었다.

"그럼 여자 일행들이 좋아하는 이성 타입을 말해볼까?"

그 명령을 듣고 제일 먼저 이의를 제기한 사람은 과장님이었다.

"잠깐만, 단장님. 번호로 지정하는 게 규칙 아니었어?"

"맞아. 그런데 카미조 양, 나는 개인을 지명하지 않는다는 규칙만 정했어. 여자 일행들이라고 지정한 건 개인을 지명한 게 아니잖아."

"뭐⋯⋯? 그런 건 궤변 아닐까?"

맞는 말이다. 궤변도 이런 궤변이 없다. 하지만 나는 참견할 생각이 없었다. 왜냐하면 단장님의 궤변에서 메리트를 발견해 버렸기 때문이다. 단장님의 생각은 분명 추잡하다. 추잡하지만 칭찬할 만한 부분이 한 군데 있다. 과장님이 좋아하는 이성 타입을 알아낼 수 있다는 점이다.

여름방학 때 오니키치와 매우 사이좋게 지내는 모습을 보고 떠오른 과장님이 갸루남을 좋아하는 게 아닌가 하는 의혹은 아직 내 마음속에서 완전히 사라지지 않았다. 슬슬 그 부분을 확실하게 해둬도 좋을 것 같다.

단장님, 미안하지만 그 추잡함을 이용해야겠어.

"자자~, 토우카, 괜찮잖아. 딱히 이성 타입 같은 걸 말한다고 닳는 건 아니니까. 다음에 우리가 왕이 되면 복수해줄 수도 있고."

 "복수……! 그, 그렇구나. 하긴, 뭐, 닳는 것도 아니고."

 뜻밖에도 비와코 선배의 설득을 쉽사리 받아들인 과장님의 반론이 멈추자 바로 여자 일행들이 차례대로 좋아하는 타입을 발표하게 되었다.

 "그럼 우선 비와야! 좋아하는 타입은 재미있는 사람이려나~. 그리고 연상은 별로 안 좋아해! 신경 써야 하니까!"

 뻥치시네. 당신은 연상에게도 신경 안 쓰고 마이페이스로 팍팍 들이댈 거잖아. 그건 그렇고 비와코 선배가 좋아하는 타입도 이번에 처음 들은 것 같다. 재미있는 사람이라……, 이 사람 자체가 꽤 재미있으니까 허들도 꽤 높을 것 같네.

 그런데 연상은 별로라는 말을 들은 헤치마 님의 턱이 충격 때문에 진짜 수세미(헤치마)처럼 처져버렸다. 비와코 선배에게 마음이 있었던 것 같은데 단숨에 차여버렸네. 좀 불쌍하다.

 "그럼 다음은 토우카야!"

 "어? 나?"

 "응! 얼른, 얼른."

 좋아, 드디어 왔다.

 자, 어떤 타입이냐고. 갸루남이 좋은 거야? 아니면 다른 타입?

 "좋아하는 타입은 없습니다. 그런 건 흥미가 없어요."

 네.

 또 그거네.

 평소의 그 패턴이에요.

솔직히 그렇게 말할 것도 예상은 했는데, 끝까지 밀어붙이니 오히려 안심이 되네요.

갸루남을 좋아하는 것 아닌가 하는 생각도 역시 제 기우였군요.

이 사람은 진짜로 연애에 흥미가 없는 모양이다.

뭐 그건 그렇고, 눈빛이 정말 무시무시하네요. 그렇게 싸늘한 눈초리로 연애에 흥미가 없다고 말해버리면 과장님에게 마음이 있는 사람들은 다들 실신해버릴 거라고요. 저는 익숙해졌으니까 괜찮지만요. 단장님은 어떨까?

앗, 눈이 뒤집혔네. 크크크, 이제 알았겠지. 어중이떠중이가 과장님을 꼬시려 하다니, 어리석음의 극치라고.

"폭소. 토우카, 여름방학 때 왕자님……."

평소처럼 대답한 과장님에게 비와코 선배가 뭔가 말하려다 갑자기 멈췄다. 신기하게도 비와코 선배의 표정이 굳어졌다. 옆을 보니 입만 웃고 있는 과장님이 있다. 뭔가 지뢰를 밟은 건가? 신경 쓰이지만 나도 무서우니까 블랙박스로 두고 건드리지 말아야겠다.

과장님의 턴이 끝나자(제대로 대답한 건지 의문이 들긴 하지만), 오구리만 남았다.

지금까지 한마디도 하지 않은 그녀는 두 주먹을 꽉 쥔 채 무릎 위에 올려놓고 있었다.

그런데 오구리도 설마 일이 이렇게 될 줄은 몰랐을 것이다.

그녀는 얌전하니까 좋아하는 이성 타입에 대해 사람들 앞에서 말할 수 있을 리가 없다. 좀 가여운 것 같기도 하네. 내게도 지금 같은 상황을 만들어버린 책임이 있으니까 무리하지 말라고 해야겠다. 그리고 내가 어떻게든 무마하면 되겠지.

그렇게 생각하고 입을 열려던 참에 오구리가 조용히 몸을 앞으로 내밀었다.

그리고 그녀가 말하기 시작했다.

"우시키 오구리, 좋아하는 타입, 아니, 이상형은———. 시모노 선배 같은 사람이에요!"

너무 갑작스러운 사태였다.

여기 있던 모두가 굳었다.

과장님도, 비와코 선배조차 입을 떡 벌리고 그녀를 보고 있었다.

나는 정면에서 얼굴을 새빨갛게 물들인 여자애를 보고 심장이 터질 것만 같았다.

그리고 우시키 오구리는 나를 똑바로 보며 말했다.

"———연하는 싫으신가요?"

시모노 코후유
Kofuyu Shimono

우시키 오구리
Oguri Ushiki

제3장 ┃ 카미조 토우카의 명상

Why is
my strict
boss
melted
by
me ?

8월 하순.

비와코네 시골에서 돌아와서 며칠이 지난 날이었다.

나, 카미조 토우카는 나머지 여름방학을 이용해서 어떤 산에 혼자 등산하러 와 있었다.

흙 냄새, 나무 냄새, 풀 냄새.

자연을 느끼며 마음 내키는 대로 정상을 향했다.

중간에 주머니버섯을 발견했다. 건드리면 포자가 연기처럼 날아오르며 '여우의 찻주머니'라고도 불리는 동그랗고 귀여운 버섯이다.

발치에 떨어져 있던 작은 나뭇가지를 주워서 몸을 숙이며 건드려 보았다.

"오오~."

왠지 즐겁다.

아니, 딱히 놀려고 산에 온 게 아니었잖아.

다시 다리를 움직이며 묵묵히 올라갔다.

세 시간 정도 만에 정상에 도착했다.

고도가 꽤 높았고, 공기가 맑았다.

둘러보니 정상에는 나 혼자만 있는 것 같았다.

"자……."

자갈 위에 주머니에서 꺼낸 손수건을 깔고, 그 위에 책상다리를 하고 앉았다.

그리고 천천히 눈을 감은 뒤 명상을 시작했다.

나는 속세와 멀리 떨어진 이 공간에서 자신을 다시 바라보아야만 한다.

그러기 위해 여기로 온 것이다.

정상에 불어온 바람에 머리카락이 나부꼈다.

하지만 그런 것도 신경 쓰이지 않을 정도로 나는 집중하고 있었다.

그 여름 축제 날.

나는 '질투'했다.

그 '질투'로 인해 내 미숙함이 드러났고, 소중한 것을 잃을 뻔했다.

어른으로서 창피한 행동이다.

그러니 지금 다시 생각해야만 한다.

'질투'란 무엇인가.

부럽다. 나도 그렇게 되고 싶다. 그렇게 생각하는 자신의 마음을 인정하고 싶지 않다. 그것은 나중에 상대방을 인정하고 싶지 않다는 마음으로 형편 좋게 변환되며, 공격적인 감정을 싹틔우기 시작한다.

정신을 차렸을 땐 상대방을 인정하기 때문에 생겨난 부럽다는 감정은 어느새 잊어버리고 추한 질투만이 남게 된다.

그야말로 떼를 쓰는 어린애나 마찬가지다.

나는 스스로 생각했던 것 이상으로 유치한 인간이었던 모양이다.

문제는 앞으로 이렇게 질투하지 않기 위해서는 어떻게 해야 할까라는 것.

아마 비와코는 나나야 군이 말한 동경하는 사람이 아닐 것이다.

그렇다면 나중에 진짜로 그 동경하는 사람이 내 앞에 나타난다면.

나는 질투하지 않을 수 있을까.

내가 그렇게 강한 사람이 될 수 있을까.

그러기 위해 난 뭘 해야만 하는 걸까———.

"깨달으세요."

옆에서 목소리가 들렸기에 눈을 떴다.

옆에 가사를 걸친 중년 남자가 앉아 있었다.

머리를 빡빡 깎은 사람이다. 스님인가?

"뭔가 고민하고 계신 거죠?"

남자가 나를 보며 방긋 웃었다.

"어떻게 아셨나요?"

"저는 다른 사람의 오라를 볼 수 있습니다. 당신은 고민하는 오라를 내뿜고 있었고요."

"오라……?"

이 사람……, 대단한 사람이야!!

이 사람이라면 내 고민의 답을 말해줄지도 몰라.

좋아, 물어보자.

"저기, 질투에 사로잡히지 않으려면 어떻게 해야 할까요."

"질투———. 당신은 지금 질투에 얽매여 있습니까?"

"아뇨……, 한 번은 떨쳐냈어요. 하지만 나중에 또 질투가 제 마음을 좀먹을지도 모르니 불안해서 견딜 수가 없네요."

"그것은 당신이 욕망에 지배되었기 때문입니다."

"욕망……, 말인가요?"

"그렇습니다. 인간은 지혜를 손에 넣어버렸죠. 그렇기 때문에 자신의 욕망을 인식해버리게 된 겁니다. 동물들은 생명을 이어나가기 위해 욕망에 충실하게 살아가고 있습니다. 그들은 삼라만상의 이치에 몸을 맡기고 자연과 하나가 되어 살아가고 있지요. 하지만 인간은 어떨까요. 욕망을 인식해버린 인간은 그것을 컨트롤하기 시작했습니다. 이성이라는 도구를 써서 말이지요."

"컨트롤하고 있다면 지배당한 것이 아니라 지배하는 쪽 아닌가요?"

"그것이 바로 지혜를 손에 넣은 인간의 교만입니다. 욕망을 지배하고 있다고 착각하는 인간은 사실 욕망에 지배당하고 있는 것입니다. 자기 자신을 통제해야만 한다, 그렇게 생각하는 것 자체가 이미 의사의 선택이 한정된 채 유도당하고 있는 것이지요. 욕망을 컨트롤하려 하면 할수록, 사람은 사슬에 매인 것처럼 욕망에 지배당하는 것입니다. 그런 생각은 안 드시나요? 아가씨."

매우 어려운 이야기지만, 왠지 이해가 될 것 같았다.

이 남자가 말하는 건 불교의 가르침인가? 종교에 대해서는 잘 모르겠다.

아니면 독자적인 철학인 걸지도.

"그럼 그 욕망의 지배로부터 해방되려면 어떻게 해야 하나요?"

"깨닫는 겁니다. 아가씨. 보시지요. 눈앞에 펼쳐진 광대한 자연을. 하늘은 있는 그대로. 구름은 흘러가는 대로. 나무는 바람에 흔들리는 대로. 무엇에도 지배당하지 않는 그들처럼 깨닫는 겁니다. 자신의 욕망을 버리시지요. 인정받고 싶다. 칭찬받고 싶다. 사랑받고 싶다. 그러한 욕망에 지배당하기 때문에 질투가 생겨나는 겁니다. 마음을 무색으로 만드는 겁니다."

"사랑받고 싶다고 생각하는 상대방에 대한 이 마음도 버리라는 뜻인가요?"

"그게 아닙니다. 질투하고 있는 자신을 깨닫고 잘라내는 겁니다. 그런 다음 남아있는 것이 사랑이라면 그것은 무색의 사랑. 진리라는 뜻이지요."

역시 어려운 이야기다.

어렵긴 하지만, 자신의 질투만을 잘라내라는 뜻일 것이다.

이른바 무아의 경지라는 건가?

아무튼 질투와 마주하는 것이 아니라 질투라는 감정 자체를 잘라낸다.

질투에 지지 않을 정도로 강한 마음을 추구하려던 생각 자체가 잘못되었던 것 같다.

"그것이 깨달음……."

"그렇습니다. 저는 그렇게 모든 욕망을 버리고 자연과 하나가 되었습니다. 당신도 그렇게 될 수 있기를 기원하겠습니다."

"감사합니다."

"그럼."

남자가 일어서서 내게 고개를 숙여 인사했다.

나도 몸을 일으켜 인사했다.

그리고 그 남자가 내려가는 길 쪽으로 향하려던 순간.

"앗, 여기 있네! 야! 거기 서!"

통통한 아주머니가 앞치마 차림으로 이쪽을 향해 뛰어왔다.

그러자 내 옆에 있던 남자는 빠른 걸음으로 떠나려는 듯이 움직였다.

"어? 어?"

혼란스러워하던 내게 아주머니가 곧바로 말했다.

"아가씨, 거기 있는 남자 좀 잡아줘! 무전취식범이야!"

"네?!"

샤샥, 남자가 흙을 박차는 소리가 빨라졌다.

일단 나는 그 남자를 쫓아갔다.

가사를 걸치고 있어서 그렇게까지 빠르진 않았다. 몇 초 만에 따라잡았다.

"잠깐, 당신, 무전취식범이라는 게 정말인가요?!"

"아가씨, 금전이란 인간이 만들어낸 욕망의 상징입니다. 만물의 생명을 다스리는 원천, 다시 말해 음식은 금전이라는 욕망 따위에 얽매여서는 아니 됩니다. 잘라내야 하는 것이지요."

"뭘 영문도 모를 소릴 하고 있는 거야! 당신이 제일 욕망투성이잖아!"

나는 도망치려 하는 남자의 어깨로 손을 뻗어 비와코네 할아버님에게 배운 호신술로 지면에 쓰러뜨렸다. 지렛대의 원리를 이용해 힘이 약한 여자도 쓸 수 있는 기술이다. 할아버님, 감사합니다. 곧바로 도움이 되었네요.

"으으……, 이것 좀 놓아주시지요, 아가씨. 저를 놓아주십시오."

이런 남자에게 감화될 뻔하다니, 너무 창피하다. 이제 이야기도 하고 싶지 않다.

내가 남자를 붙잡고 있자니 곧바로 좀 전에 본 아주머니와 함께 어른 남자 두 명이 다가왔다. 그리고 나 대신 남자의 팔을 양쪽에서 붙잡은 다음 끌고 갔다.

"아, 고마워, 아가씨."

"아뇨……, 무전취식범이라고요?"

"이 산은 등산로 말고도 정상 근처까지 올라올 수 있는 로프웨이가 있잖니?"

"아, 네. 출발 지점까지 차로도 갈 수 있고요."

"맞아, 맞아. 우리는 그 앞에서 소바 가게를 하는데 아까 그 남자가 밥을 먹어놓고는 돈을 안 내고 로프웨이를 타버렸거든. 안 들킬 줄 알았는지 느긋하게 정상 구경이나 하고, 열받는 녀석이야 정말. 한 방 정도는 때려둘 걸 그랬지."

"아하하. 그런데 스님이면서 참 너무하네요."

"아, 그건 코스프레야. 우리 가게 젊은 점원이 그 남자가 다양한 옷차림으로 이 근처를 어슬렁대는 걸 본 모양이거든. 산기슭 마을에서는 유명한 것 같던데. 설마 무전취식을 하고 도망칠 녀석인 줄은 몰랐지. 빌어먹을 녀석."

아, 창피한 마음이 더욱 커진다.

깨달음은 무슨.

욕망의 지배는 무슨.

그럴싸한 말만 늘어놓고는, 진짜!

고개를 끄덕이며 듣던 내가 창피하잖아!

등산까지 해놓고 대체 뭘 하는 건지…….

"그건 그렇고, 아가씨는 강하구나. 덕분에 살았어. 혼자서 등산 온 거니? 신기하네. 아직 학생이지?"

"네, 고등학생이에요."

나도 이제 슬슬 나 자신이 고등학생이라는 사실에 익숙해지기 시작했다.

"고등학생?! 여름방학에 혼자 등산을 하다니, 산이 그렇게 좋니?"

아주머니가 신기하다는 듯이 내 얼굴을 보았다. 얼굴이 점점 빨개지니까 그러지 말았으면 좋겠는데.

"저기, 고민이 좀 있어서 자연을 좀 접할까 싶어서요……."

"고민? 젊은데 고민할 게 뭐 있니?"

"사실 좋아하는 사람이 있는데 다른 여자애하고 사이좋게 지내는 모습을 보고 질투해버려서요. 그래서 자기혐오에 빠졌고……."

왠지 모르겠지만 아주머니의 기세 때문에 나불나불 말해버렸다.

"아하하하하하! 심각한 표정이다 싶었는데 뭐야, 그렇게 바보 같은 고민이었어? 뭐, 애들다워서 귀엽긴 하네."

아주머니는 내 등을 찰싹 때린 다음 턱을 크게 움직이며 웃었다. 너무 파워풀하다.

"저, 저는 심각하다고요오……."

나는 토라지며 돌멩이를 걷어찼다. 그럼에도 불구하고 아주머니의 웃음소리는 멈추지 않았다.

"그래, 그래. 아, 휴대폰이 울리네. 아마 가게 녀석들일 거야. 슬슬 돌아가야지. 난 로프웨이를 타고 갈 건데, 아가씨도 함께 가지 않을래?"

"아뇨, 저는 하산로로 걸어서 내려가려고요."

"젊은이다워서 좋네! 그럼, 정말 고마워."

"네, 그럼 나중에 또 봬요."

아주머니에게 손을 흔든 다음, 나는 하산로로 향했다.

뒤쪽에서 큰 목소리가 울려 퍼졌다.

"아가씨! 사랑이라는 건 질투도 하는 게 당연한 것 아닐까? 안 그러면 진짜 사랑이 아니지! 힘내렴!"

아하하하하, 아주머니는 그렇게 어깨를 흔들며 웃고는 로프웨이 쪽으로 이어진 길로 사라졌다.

진짜 사랑……이라.

아무래도 산에 올라온 의미는 있었던 것 같다.

◆

그리고 맞이한 2학기.

내게 또 질투의 씨앗이 될 만한 일이 벌어졌다.

나나야 군이 중학교 시절에 인터넷에서 알고 지내게 된 사람들과 오프라인 모임이라는 것을 한다는 모양이다.

오프라인 모임……. 회사원 시절에도 인터넷에서 본 적이 있는 단어다.

온라인이 아니라 오프라인에서 모인다는 뜻.

거기 만약에 나나야 군보다 연상인 여자가 있다면.

동경하는 사람일 가능성이 크다.

내가 동경하는 사람의 존재를 알게 된 건 사회인이 된 이후다. 회사에서 회식을 하면서 본인에게 직접 그 이야기를 듣기 전에는 그런 존재를 알지도 못했다.

첫 번째 고등학교 생활 때 항상 나나야 군을 쫓아다니던 내가 어째서 알지 못했던 거지?

그렇구나, 내가 알지 못한 커뮤니티에서 만났으니 당연한 거겠지.

다시 말해 이 오프라인 모임에 고등학교 2학년 이상인 여자가 참가했다면 그 사람이 확실히 동경하는 사람일 것이다.

그렇다면 만남을 저지해주지!

아무리 그래도 그렇게 악녀 같은 생각은 하지 않았지만, 확인은 해두고 싶다.

경향과 대책.

어떤 기획이든 사전 조사는 중요하다.

그리고 오늘은 오프라인 모임 당일.

모임 장소인 노래방에 도착하자마자 나는 곧바로 멤버들의 얼굴을 둘러보았다.

남자가 두 명, 그리고 귀여운 여자애가 한 명.

나나야 군에게 미리 들었던 인원수와 맞춰보면 더 이상 참가할 사람은 없을 테고.

그렇다면 방에 들어가자마자 기뻐하며 나나야 군에게 다가온이 여자애가 가장 의심스러운 용의자다. 메일을 보냈던 것도 이사람이었지……, 나나야 군은 마론 님이라고 불렀다.

하지만 외모로 보아하니 나와 동갑이거나 나이가 더 많을 것같지는 않았다.

귀여운 느낌이 남아있는 어린 소녀다.

아니, 이 나이대 여자애는 외모만 보고 나이를 파악하기 힘드니까.

어리게 보여도 나보다 연상이라는 패턴은 충분히 있을 수 있다.

방심은 금물이다.

아무튼 멤버가 다 모인 것 같았기에 우리도 모임 개시를 위해자리에 앉았다.

마침 내가 앉은 위치가 인터폰과 가장 가까웠기에 원하는 음료수를 들은 다음 주문하고 숨을 돌렸다.

휴우……, 긴장한 건지 왠지 마음이 차분해지지 않는다.

"난 잠깐 화장실 좀 다녀올게."

비와코에게 그렇게 말한 다음, 나는 방에서 나와 여자 화장실로 향했다.

차분하지 못한 여자다, 정말.

그러고 보니 이런 친구가 있었다는 이야기는 회식 자리에서도 들어본 적이 없는데.

그야 나나야 군도 비밀이라고 해야 하나……, 모든 것을 전부 내게 털어놓을 리가 없긴 하지만, 왠지 약간 쓸쓸한 느낌이 든다.

뭐~, 여자친구도 아니고 그냥 상사일 뿐이니 당연한 거지만. 오히려 이런 생각이 스토커 같아서 위험할지도 모르겠네. 조심해야겠다.

여자 화장실에 도착해서 마음을 가라앉히기 위해 혼자서 손을 씻고 있자니 뒤에서 말을 건 사람이 있었다.

"카미조 토우카 씨……, 시죠?"

세면대 거울 너머로 목소리가 들린 쪽을 바라보자 그곳에는 마론 님이 서 있었다.

"저를 알고 계신가요?"

나는 약간 동요하면서도 그런 기색을 숨기고 물었다.

어디선가 만난 적이 있나……. 나는 완전히 처음 만난 사이라고 생각했는데.

"저기, 그게……, 카미조 씨는 유명하시니까요. 아마쿠사 미나미 고등학교에 다니시잖아요? 저도 그쪽에 살아서요."

"그렇구나. 그러셨군요."

"아, 존댓말은 쓰지 말아주세요. 저는 아직 중학생이라, 연하거든요."

중학생?! 생각보다 어린 나이다. 그렇다면 이 애도 동경하는 사람이 아니었나⋯⋯.

"그랬구나. 어디 중학교?"

"니시 중학교요. 아시나요⋯⋯?"

"물론이지. 그럼 엄청 가깝네. 우연이야."

"네⋯⋯, 엄청, 우연이죠. 저기, 카미조 씨는 세븐나이트 님하고 친구신가요?"

친구⋯⋯, 뭐, 친구가 제일 적합한 대답이려나.

"그래, 학년은 다르지만 친구야."

"언제부터요?"

"음⋯⋯, 최근⋯⋯이려나."

알고 지내게 된 햇수를 세자면 5년 이상 지난 관계지만. 그렇게 생각하니 고등학생으로 돌아온 뒤로 몇 달 만에 거리가 단숨에 좁혀진 것 같다. 은근 열심히 하고 있네, 토우카.

"저는⋯⋯."

"응?"

"저는⋯⋯, 훨, 훨씬 전부터 세븐나이트 님하고 친구였어요."

아, 나나야 군이 온라인 게임을 시작했던 게 중학생 때였던가? 그러면 2~3년 정도는 인터넷을 통해 알고 지냈겠네.

"그랬구나. 사이좋게 지내줘서 고마워."

실수투성이인 부하에게 이렇게 귀여운 친구가 있었다니, 솔직히 상사로서 기쁜 마음이다.

"……네. 다, 다른 분을 너무 오래 기다리게 하면 안 되니까 돌아갈까요?"

"응, 그래. 가자."

씻은 손을 손수건으로 닦은 다음, 나는 마론 님과 함께 방으로 돌아갔다.

◆

방으로 돌아오자 각자 자기소개를 하기 시작했다.

나는 좀 전에 앉았던 자리에 앉아 팔짱을 낀 채 잠시 생각에 잠겼다.

마론 님이 연하였으니 동경하는 사람이 정말 누군지 짐작도 되지 않는다.

대체 누구지?

나냐야 군의 얼굴을 보면서 차분히 생각했다.

짐작 가는 사람이 전혀 없다.

역시 한 바퀴 돌아서 비와코인가…….

음~, 그래도 두 사람의 관계를 보고 있으면 연애 감정이 있는 것 같지는 않은데.

다른 후보가 있나……?

야, 나나야.

후보 말이야, 후보.

말해보라고.

응? 프레리도그처럼 깜짝 놀란 표정으로 이쪽만 보고 있지 말고 말해봐.

쳇……, 번번이 귀여운 표정 짓기는.

그런 구석도 좋아하지만!

애초에 동경하는 사람이 있다고 했으면서 여름방학 불꽃놀이 때 그렇게 대담한 짓을 해버리고…….

……어라?

어라? 혹시 동경하는 사람이 나라는 패턴도 있을 수 있나?

어, 어, 어.

어, 그럴 만도 하잖아!

우리는 허그를 했고!

그렇게나 괜찮은 분위기로 불꽃놀이도 봤고!

그건 그냥 생각하면……, 서로 좋아하는 거…….

아니, 그런데 2학기 첫날에 그 녀석은 분명히 아무것도 신경 쓰지 않는 태도를 보였어.

마치 아무 일도 없었다는 듯이 넘겨대고 말이야.

혹시 쑥스러워서 그랬다고 할 셈이야?

야, 어떻게 된 거냐고, 나나야.

그런 거냐고 묻잖아, 나나야.

아, 왠지 열받네.

난 왜 일은 척척 잘 해내는데 이런 건 전혀 모르는 걸까.

아예 비와코에게 물어볼까?

이 상황은 서로 좋아하는 거야? 아니면 나 혼자 그냥 들뜬 거야?

안 돼, 안 돼. 창피해서 물어볼 수가 없어.

그래도 이렇게 된 이상 동경하는 사람이 나였다는 선택지도 고려해볼 수 있을지 몰라.

아니, 그래도, 그래도, 그 시모노 나나야잖아?

회사를 다니던 시절을 떠올려 봐.

나를 보고 엄청나게 겁먹었잖아.

일 쪽으로 존경했을지는 몰라도, 겁먹을 정도로 엄하다고 생각하는 상사를 연애 대상으로 볼 수 있나?

모르겠다.

난 나나야 군 말고 다른 사람을 연애 대상으로 본 적이 없으니까 참고할 샘플이 아예 없어서 모르겠다.

그렇게 사고의 탈출 게임에서 벗어나지 못하고 있자니 비와코가 팔꿈치로 나를 찔러댔다.

"자, 토우카 차례거든. 왜 그렇게 멍하니 있어."

"어, 아, 나구나."

"빵 터지네."

어느새 내 차례가 된 모양이다. 어라? 나나야 군의 자기소개도 끝난 거야? 취미 같은 걸 알아낼 기회였는데……, 뭐, 됐지.

"처음 뵙겠습니다, 카미조 토우카라고 합니다. 시모노 나나야 군과 마찬가지로 아마쿠사 미나미 고등학교 2학년입니다. 오늘은 게임 동료도 아닌데 갑자기 참가해서 죄송합니다. 잘 부탁드립니다."

좋아, 끝났다. 탈출 게임을 계속 진행해야지. 지금까지 탈출 게임을 내 힘으로 클리어한 적이 없었으니까.

"잠깐만, 토우카~, 취미도 말하라고~. 분위기 파악하란 말이야~."

어? 잠깐, 뭐야, 비와코. 난 지금 탈출 게임을 하고 있는데. 게다가.

"어……, 취미 같은 걸 말해야 하는 거야? 부, 부끄러운데."

"취미 정도로 뭘 그렇게 부끄러워하는 건데? 얼른 말하라고~."

크윽, 이 갸루가.

"어……, 음……, 마음에 드는 연애 노래를 플레이 리스트에 정리하는 거려나. 가상 음악 페스티벌을 머릿속으로 개최하면서 짜나가는 건데, 정말 잘 짜여지면 엄청 신이 나기도 하고."

"뭐야 그게, 기분 나빠."

"뭐야! 말하라고 해놓고 너무하잖아! 비와코!"

"그럼 다음은 비와야! 사콘지 비와코, 고2! 취미는 노래방, 그리고 요즘은 풋살 같은 걸 자주 해~!"

"잠깐, 무시하지 마!"

창피만 샀잖아!

젠장……, 이제 됐어. 내게는 탈출 게임을 클리어한다는 중요한 사명이 있으니까.

그러기 전에 목을 썼기에 주문했던 우롱차를 마셨다.

그러고 보니 마론 님은 애플 주스를 주문했지. 귀여운 선택이다. 이런 게 이른바 여자력이라는 건가? 신경 쓰여서 힐끔 보니 마침 그녀도 자기 차례를 앞두고 긴장했는지 그 애플 주스를 마시던 참이었다.

컵을 자그마한 두 손으로 들고 머뭇거리며 빨대로 쪼옥, 빨아 먹고 있다.

틀림없어. 저게 여자력이다. 귀여워.

나도 모르게 넋이 나간 와중에 어느새 비와코 차례가 끝났는지 마론 님이 곧바로 일어섰다.

그러고 보니 이름을 물어보지 않았었네.

나는 일단 탈출 게임을 중단하고 그녀의 자기소개에 집중했다.

"마론이라는 닉네임으로 힐러를 했던 우시키 오구리입니다."

우시키 오구리 양이구나. 부드럽고 귀여운 인상인 그녀에게 딱 맞는 이름이다.

모처럼 인연이 생겨서 이렇게 만났으니 나도 우시키 양하고 좋은 친구가 될 수 있으면 좋겠는데.

사회인이었던 시절부터 나이 차이가 많이 나는 신인들이 겁을 먹어서 사생활 쪽으로는 별로 인간관계가 좋지 못했던 나. 연하와의 커뮤니케이션은 확실히 말해 취약한 분야라고 할 수 있을 것이다.

하지만 나도 성장했다.

육체는 오히려 어려졌는데 정신적으로는 진화했다는 게 약간 신기한 기분이긴 하지만, 카미조 토우카는 확실하게 엄한 여자 상사였던 시절보다 더 긍정적인 방향으로 나아가고 있다.

나오처럼 귀여운 후배도 생겼다.

우시키 양하고도 분명히 사이좋게 지낼 수 있을 것이다.

◆

"우시키 오구리, 좋아하는 타입, 아니, 이상형은———. 시모노 선배 같은 사람이에요!"

응?

어어어어어어어어어어어어어어어어어어어?!

뭐?! 이게 어떻게 된 일이야?!

시작된 왕 게임. 그러다가 여자 일행들이 좋아하는 이성 타입을 말하게 되었다.

그러던 와중에 생긴 일이다.

전조도 없이 대사건이 일어났다.

아니, 그녀는……, 우시키 양은 나나야 군보다 연하잖아!

동경하는 사람이 아닐 텐데…….

아니———.

우시키 양이 나나야 군이 동경하는 사람이 아니라 해도.

딱히 우시키 양이 나나야 군을 좋아한다는 사실과는 아무런 모순이 없다.

그리고 나나야 군이 우시키 양을 좋아하게 된다는 미래가 없다는 보장도 없다.

왜냐하면, 미래는 행동에 따라 바뀌는 거니까.

이럴 수가.

나는 결국 이 탈출 게임에서 빠져나가지 못하고 계속 헤매고만 있다.

제4장 ▌상사와 부하와 후배의 달콤한 데이트

주말에 참가한 오프라인 모임에서 오구리가 충격적인 발표를 한 뒤. 내가 어떻게 대처했냐 하면, 한심하게도 아무런 반응도 보이지 못하고 입을 떡 벌린 채 굳어있기만 했다. 이런 이벤트는 11년 전에 경험했던 첫 번째 오프라인 모임 때는 없었으니까. 어떤 루프 계열 노벨 게임처럼 타임 리프를 한 뒤에 해방 조건을 만족시킨 건지도 모르겠지만, 갑작스럽게 발생한 신규 이벤트 앞에서 화려한 대처를 보이라고 해도 첫 2회차 플레이인 내게는 너무 가혹한 요구다.

하지만 이럴 때 듬직한 게 마찬가지로 2회차에 추가된 새로운 동료였고, 곧바로 비와코 선배가 '야~, 나나노스케 인기 많네~, 미팅 마스터냐고~, 야~'라며 특유의 갸루 분위기로 신경을 써 주었기에 겨우 분위기가 원래대로 돌아올 수 있었다.

결국 왕 게임은 거기서 끝나서, 이용 시간이 끝날 때까지 노래방을 즐기다 해산했다. 오프라인 모임은 무사히 즐겁게 끝났지만 나는 계속 가슴이 두근거리기만 했다.

앞날이 걱정된다.

과연 나는 오구리의 고백을 재주 좋게 피할 수 있을까.

그렇게 맞이한 다음 주.

아마쿠사 미나미 고등학교에서는 문화제 준비가 시작되고 있었다.

우리 1학년 7반도 마찬가지로 방과 후 교실에서 시끌시끌 떠들며 작업을 진행 중이었다.

"나나야~, 과장님네 반은 문화제 때 유령의 집을 한대."

"틀에 박힌 선택이네. 뭐, 그 사람은 '틀에 박힌 거, 좋잖아'라고 하겠지만."

말은 그렇게 해도 시모노 나나야, 그 정보는 이미 알고 있습니다. 11년 전부터 알고 있습니다. 왜냐하면 나는 이미 경험했으니까. 과장님네 반에서 유령의 집을 한다는, 그리고 과장님이 마녀 의상을 입는다는 소문을 듣고 11년 전 문화제 때도 보러 갔었다.

그런데 실제로 가보니 마녀 역할은 다른 선배가 맡았기에 과장님의 마녀 코스프레를 볼 수는 없었다. 아마 시간대를 잘못 잡았을 것이다. 놀라게 하는 역할의 교대 시간까지 알아내지 못했던 것이다.

"복수해주지. 이번에야말로 봐 주겠어!"

"무슨 소릴 하는 거야? 나나야. 자, 얼른 손 움직여."

나오가 어이없는 표정을 지으며 망치를 건넸다.

참고로 우리 반은 메이드 카페를 한다. 과장님네 반을 보고 뭐라 말할 수 없을 정도로 틀에 박힌 선택이다. 뭐, 이 시대는 애니메이션 같은 것도 문화제 = 메이드 카페라는 형식이 유행했으니까. 1학년만 놓고 봐도 세 반이나 메이드 카페를 하는 모양이다. 그야말로 포화 상태. 메이드 카페가 그렇게 많아서 어쩔 건데.

나와 나오는 입구에 내걸 간판을 만들고 있었다.

"나오는 아직 그 카페에서 아르바이트하고 있어?"

"응, 월급이 짭짤하니까~. 그런데 그 카페는 조용한 곳이니까 이런 메이드 카페도 한 번쯤 해보고 싶었거든."

브이, 그녀가 그렇게 말하며 손으로 V자를 그렸다.

그 카페는 어른들이 갈 만한 곳이라 메이드복을 입고 있긴 해도 이른바 오타쿠 문화의 대명사인 메이드 카페와는 다른 곳으로 보인다.

"그러고 보니 건물 입구 앞에 큰 은행나무가 있잖아?"

"아……, 응."

"거기서 문화제 날 17시 정각에 고백해서 성공하면 그 커플이 결혼할 수 있다는 소문이 있는 거 알아?"

"뭐, 그렇지……, 들어본 적은 있어."

당연히 알고 있지.

왜냐하면 11년 전 문화제 날, 그 은행나무 아래에서 오구리에게 고백을 받았으니까.

"나나야도 과장님한테 고백하지 그래~."

"무슨 바보 같은 소리야. 안 그래도 소문이 퍼진 와중에 거기서 고백하면, 구경꾼이 잔뜩 있을 거 아냐."

경험자라 할 수 있는 말이다.

"뭐, 그래서 고백하는 사람도 별로 없는 것 같아."

"그야 그렇겠지."

엄청나게 용기를 내야 할 수 있는 행동이다.

"나나야, 좀 피곤한데 음료수라도 사 먹으러 갈래?"

"응? 뭐, 상관없긴 한데."

망치를 주면서 열심히 일하라고 한 직후에 그런 말을 하다니, 정말 자유분방한 성격이다.

나와 나오는 교실에서 나와 건물 입구 쪽으로 향했다.

자동판매기는 밖에 있어서 나갈 때마다 신발을 갈아신어야만 하는 게 조금 귀찮다.

자동판매기 앞에 도착한 나는 곧바로 100엔짜리 동전을 투입구에 넣었다.

"미스터리 존으로 해."

"싫어, 엄청 맛없고 뭔지 모를 음료수만 나오는데."

"그래도 저번에 과장님은 믹스 주스를 뽑았잖아?"

"그 사람은 특별한 거야. 그런 운명으로 태어난 거라고."

"아하하, 그렇긴 하지~. 과장님이라 당첨을 뽑는 거겠지~."

소문에 따르면 당첨인 믹스 주스가 나올 확률은 1000분의 1인 것 같으니까. 그럼에도 불구하고 과장님은 단번에 뽑았다. 신이시여, 스테이터스 분배를 잘못하신 것 아닌가요? 사람들은 태어날 때부터 평등하지 않다는 건가?

나는 자신의 평범함을 통감하며 블랙커피 버튼을 눌렀다.

"또 커피야~? 나나야는 왠지 최근 들어서 단숨에 아저씨가 되었네."

"시, 시끄러워. 남자들은 고등학교 때부터 어른이 되어가는 거라고."

"여자도 그렇지만 말이지."

나오가 그렇게 말하며 자랑거리인 거유를 두 손으로 모았다.

셔츠 단추를 대담하게 풀고 있어서 계곡이 대놓고 보였다.

"그러지 마! 보인다고!"

"보여주는 건데~. 자, 자~. 소꿉친구의 거유를 보고 흥분한 거야~?"

"하겠냐! 멍청아!"

말은 그렇게 하면서도 눈을 돌릴 수가 없다. 좀 버티라고, 내 이성아.

"정말, 언제부터 그렇게 성장한 건지."

"저도 거유가 되기 위해 이것저것 노력했답니다."

"노력한다고 커지는 거야?"

"커지지~. 뭐, 우리 엄마도 거유니까 애초에 디엠엠이 좋았던 것도 있겠지만."

"DNA라고!"

"아, DMM은 야한 사이트였지."

"그건 FANZA로 바뀌었어!"

"그래? 나나야는 은근히 변태라서 잘 아네."

"시끄러워! 변태 아니라고!"

아니, 이 시대에서는 아직 FANZA로 바뀌지 않았지! 나도 참, 나오 말대로 잘 알고 있네! 역시 은근히 변태구나!

"응? 어라⋯⋯, 혹시."

"뭐야, 또 뭔데. 이제 태클 거느라 지쳤다고."

"역시나!"

나오는 내 말을 무시하고 갑자기 로퍼를 딸깍거리며 교문 쪽으로 뛰어가기 시작했다.

나는 말괄량이 같은 소꿉친구를 보고 한숨을 쉬며 자동판매기 앞에서 캔커피 뚜껑을 땄다.

그러자 교문 앞에서 멈춘 나오의 목소리가 여기까지 울려 퍼졌다.

"오구오구잖아, 오랜만이야! 여긴 웬일인데!"

목소리 엄청 크네. 교문까지 10미터 가까이 떨어져 있는데도 잘 들린다.

교문 너머에 누가 있는 건가? 나오가 손을 뻗자 하얗고 가녀린 팔이 끌려 나와서 단발 여자애가 모습을 드러냈다.

그리고 나오는 그 여자애의 손을 잡은 채 다시 이쪽으로 빠르게 돌아왔다.

두 사람이 내게 다가오자 점점 여자애의 얼굴이 선명해졌다.

그로 인해 내 심장도 두근거리기 시작했다.

두 사람이 자동판매기 앞에 도착했을 무렵에는, 내 심장은 폭발 직전이었다. 이마에서 땀까지 흘러내리고 있었다.

나오는 방긋방긋 웃으며 데리고 온 여자애에게 말했다.

"오구오구, 음료수 사줄게! 뭘 먹을래? 봐, 잔뜩 있어~."

"아, 아뇨……, 나오 선배, 괜찮아요."

"사양하지 않아도 돼. 정말~, 여전히 귀엽네~, 오구오구는~."

"그, 그래도……."

여자애가 그렇게 말하며 내 얼굴을 힐끔 보았다.

"하으앗! 시, 시모노 선배!"

그리고 동그란 눈을 더욱 동그랗게 뜨고는 얼굴을 붉혔다.

어째서.

어째서 네가 여기 있는 거야.

우시키 오구리.

◆

"어? 오구오구랑 나나야가 아는 사이였어?"

우리 세 사람은 학교 건물에서 운동장으로 이어지는 콘크리트 계단에 앉아 사 온 음료수를 마시고 있었다.

내 옆에 나오, 그리고 그 옆에 오구리.

의문은 두 가지.

어째서 여기에 우시키 오구리가 있는 걸까.

다른 하나는 좀 전에 나오가 내게 했던 질문을 그대로 되돌려 주는 내용이다.

나오하고 오구리가 아는 사이였어?

11년 전에는 그런 기억이 없었는데……, 이것도 나비 효과인가? 아니, 그냥 내가 몰랐던 것뿐일지도 모르겠다. 역사상 이 두 사람이 내 앞에서 만난 이벤트 자체가 없었으니까. 이제 와서 진상을 해명하는 건 불가능하다.

어찌 됐든, 이 두 사람에게 어떤 접점이 있는 걸까.

"저하고 시모노 선배는, 저기, 온라인 게임을 같이 하던 사이고요……."

내가 쓸데없는 생각을 하던 와중에 오구리가 대신 나오의 질문에 대답했다.

"아, 그러고 보니 나나야는 중학교 때 컴퓨터 게임 자주 했었지."

"전 그 게임이 첫 온라인 게임이었는데요, 혼자서 플레이하고 있었더니 시모노 선배가 파티에 초대해주셨어요. 아무것도 모르던 제게 자상하게 가르쳐주셔서 정말 도움이 많이 되었고요."

"호오~, 신사네~, 나나야~."

나오가 마음에도 없는 말을 싱글거리며 했다.

"네, 네, 인터넷에서만 신사답게 행동해서 죄송하게 됐네요."

"시, 시모노 선배는 인터넷에서도 현실에서도 신사시고 멋지세요!"

"고, 고마워."

오구리가 얼굴을 새빨갛게 물들이며 나를 바라봤다. 나도 자연스럽게 얼굴이 뜨거워졌다.

저번에 오프라인 모임도 그렇고, 왠지 11년 전에 비해 더 적극적으로 변한 것 같다.

"그런데 오구오구는 오늘 무슨 일로 우리 학교에 온 거야?"

"아, 네, 그게 말이죠. 저기……."

오구리가 무릎을 끌어안고 머뭇거리기 시작했다.

기시감이 드는 그 광경에 나는 그제야 첫 번째 의문을 이해할 수 있었다.

내 인생 첫 데이트.

그렇다, 도쿄 타워로 데이트를 하러 가자고 했을 때도 그녀는 이렇게 부끄러워하며 고개를 숙였었다.

원래 역사에서는 도쿄 타워로 가자고 한 게 오프라인 모임으로부터 2주 뒤였지만, 이번 회차의 적극적인 그녀라면 이 타이밍에 말하더라도 이상할 게 없다.

하지만 도쿄 타워로 데이트를 하러 가버리면 이번에야말로 틀림없이 오구리가 내게 문화제 날 고백하게 되어버릴 것이다.

어떻게 해야 하나.

아직 시간이 남았다고 생각했기에 거절할 이유 같은 걸 딱히 고민하지 않았다.

"저기, 시모노 선배, 혹시 괜찮으시면 저하고 도쿄 타워에……."

예상했던 말이 오구리의 입에서 나온 것과 동시에 부릉부릉, 바이크 액셀을 밟는 소리가 운동장에 울려 퍼졌다.

우리는 일제히 그쪽에 정신이 팔려서 소리가 난 쪽을 보았다.

큼직한 트윈테일을 나부끼는 갸루가 스쿠터를 타고 운동장을 횡단하고 있었다.

아, 저 사람 스쿠터로 통학한다고 했었지.

"어라? 비와코잖아? 이봐~, 비와코~!"

나오가 손을 흔들며 운동장을 가로지르는 라이더를 불렀다.

이봐, 이봐, 천진난만한 소꿉친구, 그만둬. 이런 상황에 비와코 선배가 오면 이야기가 꼬일 것 같은 기분이 든단 말이야.

뭐, 예상대로 비와코 선배는 이쪽을 보고 핸들을 꺾었다. 그리고 몇 초 만에 계단 앞에 도착해서 스쿠터를 세워두고는 헬멧을 손가락으로 빙글빙글 돌리며 올라왔다.

"야~, 나오퐁~!"

"이예이~, 비와코~!"

서로 주먹을 부딪쳤다. 래퍼냐고.

"야~, 나나노스케~!"

뭐? 나도 하라고?! 싫어, 창피하잖아!

"야~, 나나노스케~!"

이 녀석, 할 때까지 계속 버틸 셈이구나. 끈질기네.

"야, 야~."

어쩔 수 없이 주먹을 부딪쳤다.

"야~……, 응? 너 누구야……? 아, 저번에 봤던 꼬맹이! 이름이 뭐랬더라?"

분위기를 이어가려던 모양인데, 누군지 눈치채지 못했나 보다. 그리고 오구리는 비와코 선배가 나타나서 대놓고 동요하고 있다.

"오구오구야, 비와코."

"그래! 오구오구!"

아니, 오구오구가 아닌데.

"비와코도 오구오구하고 아는 사이였어? 오구오구는 발이 넓으시네요~."

기특하다, 기특해. 그렇게 말하며 오구리의 머리를 쓰다듬는 나오.

"나오 선배. 차, 창피해요."

"정말, 오구오구는 귀엽네~."

나오는 장난기 어린 표정을 지으며 예쁜 단발머리를 쓸데없이 마구 헤집었다.

"그런데 이런 곳에서 셋이 뭐 하는 거야?"

"저기, 오구오구가 나나야에게 뭔가 볼일이 있대. 뭐라고 했지? 도쿄 타워가 어쩌고저쩌고."

"나, 나, 나, 나오 선배! 그렇게까지 말씀하실 필요는 없어요!"

당황한 오구리의 얼굴을 보며 비와코 선배가 갑자기 씨익 웃었다.

"아, 알겠다! 오구오구, 나나노스케하고 도쿄 타워에서 데이트를 하고 싶은 거지!"

멋지게 들어맞았다. 역시 비와코 선배야. 통찰력이 날카롭다.

"그게……, 저기……!"

"나나노스케가 자기 타입이라고 했으니까, 오구오구!"

"어?! 그랬어? 오구오구?! 나나야 같은 게 어디가 좋은데?!"

야, 너는 진짜 매번 실례구나!

"아니에요! 아니, 맞긴 한데, 저기, 으으으."

오구리는 당장에라도 울음을 터뜨릴 것 같다. 여고생이 여중생을 괴롭히면 안 되지!

그렇게 말하고 싶지만, 나는 미묘한 위치에 있기에 참견할 수가 없다.

"뭐~, 나오퐁은 소꿉친구고 계속 함께 지냈으니까 그렇게 생각할지도 모르겠지만, 나나노스케도 꽤 괜찮은 남자야. 비와 맘에도 들고."

어? 비와코 선배, 그렇게 생각해주고 있었어? 왠지 쑥스럽네.

"어~? 그런가~?"

'그런가~?'는 무슨. 그럴 때는 '호오~, 그렇구나'라고 맞장구를 치면 되는 거야. 협조성을 좀 익히라고.

"하지만 오구오구, 단둘이서 도쿄 타워 데이트는 아직 좀 성급하지. 자기 타입이라고 해서 자기에게 제일 잘 맞는 남자친구가 된다는 보장은 없거든? 중학생. 세월은 쏜살같다! 여중생 시절이나 여고생 시절은 눈 깜짝할 새에 끝나고 시간은 돌이킬 수 없어! 이상한 남자를 낚아서 쓸데없는 청춘을 보냈다고 후회하지 않기 위해서라도 좀 더 신중해져야 할 것 같거든?"

"비와코 선배, 좀 전에 저 보고 괜찮은 남자라고 했잖아요. 이상한 남자로 클래스 체인지한 것 같은데, 제 착각인가요?"

"지금은 여자애들 토크 시간이니까 남자애는 좀 조용히 해줬으면 좋겠거든?"

"……죄송합니다."

부조리해!

"시모노 선배는 이상한 남자가 아니에요!"

오구리, 정말 착한 아이구나!

"나도 알아, 나도 알아. 그런데 오구오구, 나나노스케하고 직접 만난 건 저번이 처음이었지?"

"그, 그건! ……그렇지만요, 계속 채팅으로 이야기를 주고받

앗으니까."

"혹시 나나노스케가 인터넷에서는 남자인 척하는 여자였다면 어떻게 했을까?"

"……."

"그렇지? 사람은 직접 만나고, 이야기를 해보고, 야~, 야~ 하고 나서야 비로소 하트 앤드 소울이라는 거야."

하트 앤드 소울이 뭔데. 영문을 모르겠는데 의미가 통하는 게 열받네.

그리고 역시 이 사람은 과장님과 비슷해서 말재주가 좋다.

금방 이야기의 핵심을 파악해서 자기 페이스로 몰고 간다.

"딱히……, 사, 사콘지 선배하고는 상관없잖아요."

"야~, 츤데레냐고~, 오구오구, 야~. 우리가 어떤 사인데, 야~."

당신도 저번에 오구리하고 처음 만난 사이잖아. 아니, 좀 전까지는 이름도 잊고 있었잖아.

"사콘지 선배는 무슨 말씀을 하고 싶으신 건가요? 저는 사콘지 선배가 뭘 하고 싶으신 건지 잘 모르겠어요."

그렇겠지.

나도 모르겠어.

하지만 이해가 잘 안 되는 비와코 선배 덕분에 도쿄 타워 데이트를 하지 않게 된다면 오구리에게는 미안하지만 나는 마음이 편하다.

미안해, 오구리.

그리고 힘내요, 비와코 선배. 이해는 잘 안 되지만.

"애초에 단둘이서 그냥 높은 곳에 가는 건데 뭐가 즐거운 거냐는 느낌이거든. 그런 건 재미없어, 없어. 젊은이들이 갈 만한 곳이 아니라는 느낌이거든~."

"네? 저, 젊은이들이 갈 만한 곳이 아니라니……, 저는 충분히 젊어요! 그럼 사콘지 선배는 어디가 즐거운 곳이라는 건데요!"

"그야 당연히 놀이공원이지!"

"노……, 놀이공원?"

"맞아~! 오구오구, 일단 단둘이 가지 말고 다 함께 놀이공원에 가자! 그러면서 나나노스케가 정말로 네게 어울리는지 확인해보는 거야!"

뭐, 두 번째 만남이니 갑자기 단둘이 만나는 것보다는 다른 사람들과 함께 놀러 가는 게 고등학생으로서는 건전하고 자연스러울 것 같긴 하다. 설득력이 없는 건 아니지만…….

이 사람, 그냥 자기가 놀이공원에 가고 싶은 거 아닌가?

"그, 그래도…….."

망설이는 오구리에게 나오가 말했다.

"놀이공원 좋네, 오구오구! 나오 언니도 귀여운 오구오구가 갑자기 나나야하고 단둘이서 놀러 가는 건 걱정돼~."

마치 내가 바람둥이 같다는 말투네.

일단 오구리가 먼저 제안한 건데 말이야.

"……나오 선배가 그렇게 말씀하시니……."

긍정하는 말이 나오자마자 비와코 선배가 곧바로 소리쳤다.

"좋았어~! 그럼 다 함께 놀이공원에 가는 거야~! 기대되거든~!"

응, 역시 이 사람은 자기가 가고 싶은 것뿐이구나.

◆

놀이공원에 가기 위해 역 앞에 모인 것은 그 주 토요일.

기획부터 결행까지 초고속인 게 비와코 선배다워서 감탄했다.

역 앞에 모이긴 했지만 전철이 아니라 차를 타고 가는 모양이다.

그 이동 수단인 은색 승합차가 역 앞 로터리에 도착했다. 운전수 겸 보호자는 유이토 씨다. 조수석에는 과장님이 앉아있었다.

"기다렸지."

조수석 창문을 열고 과장님이 사람들에게 말했다.

대기하고 있던 것은 나와 비와코 선배, 그리고 나오와 오구리다. 오구리는 볼을 부풀리며 불만이라는 듯이 과장님을 보았다.

"어째서 카미조 선배도 같이 가나요?"

오구리 입장에서 과장님은 거의 남이다. 특히 나와 마찬가지로 평범 속성을 지니고 있는 그녀에게 카스트 톱 여자는 멘탈적인 면에서 힘든 부분이 있다는 건 이해가 된다.

하지만 이번 기획을 진행한 사람이 비와코 선배인 이상, 과장님이 참가하는 건 처음부터 결정되어 있었다. 카미조 토우카를 정말 좋아하는 그 갸루가 이렇게 즐거울 듯한 이벤트에 그녀를 부르지 않을 리가 없으니까.

"미안해, 우시키 양……. 오프라인 모임 때도 그렇고 갑자기

와버려서."

과장님이 미안한 듯한 표정으로 오구리를 보았다. 문득 미인과 시선이 마주치자 부끄러운 마음이 더 강했는지 오구리는 곧바로 고개를 숙인 다음 작은 목소리로 대답했다.

"아, 아뇨, 죄송합니다. 저기, 카미조 선배가 싫다거나 그런 건 아니에요. 실례되는 말을 해서 죄송합니다."

역시 오구리는 나와 같은 속성인 것 같다. 거역하지 못한다는 것을 곧바로 알아채는 후각을 자연스럽게 갖추고 있다.

그리고 실언에 대한 신속한 취소와 사과.

괜찮은 일반 사원이 될 수 있을 것 같다.

"오구오구, 떼쓰지 말고 얼른 가자. 다른 두 사람도 빨리 타라고, 야~."

매번 그랬듯이 계기만 만들어놓고 용케 그렇게 자기는 모른다는 듯한 표정을 지을 수 있구나. 우리는 어쩔 수 없이 비와코 선배의 지시에 따라 차에 탔다.

목적지는 다른 현에 있는 유명한 테마파크다.

역에서 출발해서 잠시 달린 뒤에 고속도로에 접어들었을 때, 나는 유이토 씨에게 뒷좌석에서 말을 걸었다.

"이 차는 유이토 씨 차인가요?"

"그래, 최근에 샀지."

"호오~, 어쩐지 새 차처럼 좋은 냄새가 나던데."

아니, 대학생이 차를 새로 뽑다니, 대단하네. 역시 유이토 씨야.

"면허를 따면 나도 몰고 다닐 거지만 말이지."

조수석에서 과장님이 말했다.

"아하하. 상관없긴 한데, 어디 긁고 다니진 마."

"뭐어? 난 운전 잘하거든?"

"운전을 해본 적이 있는 듯한 말투네. 무면허 운전은 하면 안된다, 토우카."

"아, 아니! 게임 이야기야! 게임!"

이 사람이 또 고등학생이라는 사실을 깜빡했네. 그러니까 유이토 씨가 의심하는 거잖아.

"아니, 토우카네 오빠 훈남이네. 역시 피가 이어진 남매라는 거야?"

옆에 앉아있던 비와코 선배가 내 어깨에 손을 얹고 이야기에 끼어들었다. 제일 뒤쪽 자리에 앉아있던 나오도.

"그렇지~. 과장님네 오빠 인기 많을 것 같아~."

"유이토라고 불러도 돼. 그렇게 말해주니 기쁜데."

유이토 씨가 백미러 너머로 윙크를 했다. 어째서 이 사람은 느끼한 짓을 해도 멋진 걸까.

"너희는 이런 게 뭐가 좋다는 거야."

여동생으로부터는 신랄한 말이 날아들었다.

"빵 터지네. 뭐, 유이토 군이 훈남이긴 하지만 비와는 연상을 연애 대상으로 안 보니까 안심해, 토우카."

"어라? 그래? 비와코. 나는 유이토 군, 엄청 괜찮은데~."

"잠깐, 나오. 이상한 말 하지 마! 이 멍청한 오빠는 툭하면 우쭐댄단 말이야."

분위기가 들뜬 차 안에서 나오 옆에 앉아있던 오구리만은 고개를 숙인 채 말이 없었다. 안색이 약간 안 좋은 것 같기도 했다.

"오구리, 괜찮아? 차멀미라도 한 거야?"

내가 말을 걸자 오구리가 곧바로 고개를 들고,

"아, 아뇨! 전혀 그렇지는 않은데……. 다들 인싸력이 괴물 같다 싶어서……. 왠지 이야기에 참가하지 못하는 저 자신에게 싫증이 났다고 해야 하나."

그러자 나오가 오구리의 볼에 자기 볼을 비벼댔다.

"정말~. 오구오구, 그런 것 때문에 풀죽을 필요는 없어~. 오구오구는 그냥 있기만 해도 귀여운 마스코트나 마찬가지니까~."

"잠깐만요, 나오 선배, 간지러워, 요."

오구리는 나오에게 휘둘리며 창피하다는 듯이 끙끙대고 있었다.

그 모습을 보며 폭소하는 비와코 선배와 걱정스러운 듯이 보고 있는 과장님.

왠지 즐거운 드라이브다.

고속도로를 두 시간 정도 달려서 놀이공원에 도착한 것은 오전 10시쯤.

주차장에 차를 세운 다음, 우리는 입구 쪽으로 향했다.

게이트 앞에서 비와코 선배가 미리 사두었던 자유이용권을 모두에게 나누어 주었다.

"잃어버리지 않게끔 케이스도 준비해 두었어~. 이건 비와가 사주는 거야~."

목에 걸 수 있는 끈이 달린 자유이용권 케이스를 비와코 선배에게 받았다. 이렇게 은근슬쩍 배려해주는 구석이 비와코 선배의 대단한 점이다.

"과장님, 놀이공원은 몇 년 만에 오셨나요? 저는 대학교 때 이후로 처음이에요."

차례차례 게이트를 통과하던 와중에 나는 뒤에 있던 과장님에게 말을 걸었다.

"으음~, 초등학교 때 한 번 온 이후로 처음인 것 같은데."

"네? 그렇게 오랜만이에요?!"

"잠깐만, 목소리가 너무 크잖아, 나나야 군."

놀이공원 같은 테마파크는 과장님에게 너무 유치하다는 건가? 그래도 여름에 워터파크에 갔을 때는 꽤 즐거워하던데…….

"아…….""

"뭐야."

워터파크 덕분에 생각났다.

"그러고 보니 과장님은 빠른 놀이기구를 꺼리셨죠."

"뭐?"

"아무것도 아니에요."

하지만 이 놀이공원의 주요 콘텐츠는 그런 계열의 놀이기구다. 천천히 움직이는 놀이기구나 체험형 어트랙션도 꽤 있긴 하지만, 다들 주요 콘텐츠인 빠른 놀이기구를 타고 싶어 할 것이다.

입장 게이트를 넘자마자, 곧바로 롤러코스터가 큰 소리를 내며 내려가는 광경이 눈에 들어왔다. 승객들의 절규가 오른쪽 귀로 들어가 왼쪽 귀로 흘렀다.

비와코 선배가 완전히 신이 났다.

"비와는 제일 먼저 저걸 타고 싶거든!"

물론 폴짝폴짝 뛰며 말하는 그녀에게 다들 자연스럽게 동의했다. 곧바로 롤러코스터 입구에 줄을 서게 되었다. 예상했던 전개다.

롤러코스터의 안내 간판을 보니 '일본에서 가장 높은 롤러코스터'라는 광고 문구가 큼직하게 적혀 있었다. 얼마나 높은지는 위쪽을 보니 한눈에 알 수 있었다.

우리는 지그재그 형태인 오르막 통로를 올라 출발 지점까지 이어져 있는 줄 제일 뒤쪽에 섰다. 중턱 근처까지 올라가긴 했지만 인기 놀이기구라 그런지 정상에 도착하려면 시간이 좀 더 걸릴 것 같다.

이렇게 높은데 과장님은 괜찮으려나.

걱정이 되어 돌아보았다.

얼굴이 창백했다.

"과장님?!"

"왜, 왜 그래?"

"아니, 정말로 괜찮으신 거예요?"

"괘괘괘괘괘괘괜찮아. 딱히 롤러코스터 정도로 죽는 것도 아니고."

롤러코스터 가지고 죽는다는 단어를 연상한 것 자체가 겁먹었다는 증거라고!

다른 멤버들은 설레는 모습이 뻔히 보일 정도로 기대하고 있는데, 과장님 혼자만 마치 예방 접종을 하려고 줄을 선 초등학생 같다. 역시 그냥 안 타는 게 낫지 않을까?

하지만 우리 뒤쪽에는 이미 손님들이 줄을 서 있어서 사람들로 꽉 찬 통로를 빠져나가기도 힘들다.

뭐, 그래도 자업자득이지. 쓸데없이 오기를 부리니까 이렇게되는 거야. 가끔은 과장님도 반성해야 해. 그렇게 약간 하극상기분을 맛보는 나.

그러던 와중에 줄이 순조롭게 줄어들었고, 드디어 우리 차례가 왔다.

"유이토 군, 같이 타자~."

나오가 제일 먼저 유이토 씨의 등을 밀며 코스터 쪽으로 향했다. 나오 녀석, 유이토 씨를 정말 잘 따르네. 미리 말해두지만 유이토 씨는 나의 유이토 씨라고! 갑자기 튀어나온 거유녀에게 넘길 수는 없어!

그렇게 질투를 드러내며 나오를 노려보고 있던 내 곁으로 오구리가 다가왔다.

"저, 저기……, 시모노 선배, 혹시 괜찮으시면…….."

"야~, 오구오구~, 같이 타자~! 이예이~."

"아, 잠깐만요! 사콘지 선배, 잠깐만요! 아~!"

오구리는 말을 끝까지 하지도 못하고 신이 난 갸루에게 끌려갔다. 미안해, 오구리. 아무래도 비와코 선배는 네가 마음에 들어버린 것 같아. 그녀의 영향을 받아서 갸루가 되지만은 않기를 바랄게.

남은 사람은 나와 과장님.

"그럼 과장님, 탈까요?"

"싫어."

"네?"

"싫어, 싫어, 싫어, 싫어! 안 타고 싶어! 무서워!"

"그렇게 허세 부리더니 왜 이제 와서 떼를 쓰시는 건데요!"

"이렇게 높을 줄은 몰랐단 말이야! 싫어, 무서워, 안 타고 싶어!"

"그래서 말했잖아요! 아래쪽에도 일본에서 제일 높다고 적혀 있었고요!"

"난 몰라! 기억 안 나!"

"당신 진짜……."

막상 롤러코스터 앞에 오니 현장감에 겁을 먹어버린 건가? 항상 냉정하고 침착하던 과장님이 이렇게까지 떼를 쓰다니, 신기하다.

하지만 이미 다른 손님들은 모두 롤러코스터에 타버렸다. 너무 꾸물대다가는 담당 직원이 주의를 줄 것이다.

나는 억지로 과장님의 손을 잡고 롤러코스터에 탔다. 과장님이 내 손을 잡은 채 좌석에 앉았다.

"으아앙~, 갑질, 성희롱, 롤코희롱~!"

"롤코희롱이 뭔데요?!"

"롤러코스터 희롱!"

"들어도 이해가 안 되네! 자, 과장님, 벨트 차세요. 제대로 안 차면 떨어져 버린다고요."

"싫어~, 떨어지는 거 무서워~."

과장님은 울상으로 안전벨트를 두 손으로 내렸다.

그러자 앞자리에 앉아 있던 비와코 선배가 이쪽을 돌아보고 싱글싱글 웃었다.

"토우카, 이런 게 무서워? 꼬맹이 같거든~."

밉살스러운 도발이었다. 분위기 파악 좀 하라고!

"뭐어? 전혀 무섭지 않거든요~?"

당신도 용케 이런 상황에서 오기를 부리네! 이제 와서 안 그런 척해도 무마할 수는 없다고!

『그럼 출발합니다.』

우리가 떠들어대던 와중에 안전벨트 확인을 마친 담당 직원이 안내 방송으로 말했다.

덜컹, 덜컹, 덜컹.

천천히 바퀴가 돌아가는 소리를 울리며 롤러코스터가 첫 번째 고개를 올라가기 시작했다.

자리에 앉아있던 과장님이 내 손을 꽈악 잡았다.

나는 조금 두근거리며 과장님의 얼굴을 보았다.

그러자 그녀는 부드러운 미소를 지으며 내게 말했다.

"나나야 군……, 지금까지 고마웠어."

"아니, 로맨스 영화에서 시한부 인생 히로인이 마지막에 이별을 말할 때 나오는 분위기~~~~!!"

그리고 롤러코스터가 급강하했다.

♦

"아~, 최고였거든~! 진짜 장난 아니었지? 나나노스케!"

"진짜 최고였어요! 첫 번째 경사도 대단했는데, 중간에 나온 2연속 루프가 미쳤어요! 안 그래? 오구리!"

"맞아요! 맞아요! 저 그 롤러코스터 처음 타봤는데 푹 빠질 것 같아요! 나오 선배는 어땠나요?!"

"엄청 재미있었어! 내 가슴이 날아가 버릴 것 같더라고! 아하하~!"

"뒤에서 보는데도 나오퐁의 가슴이 계속 흔들리는 걸 알 수 있어서 빵 터졌어!"

"진짜~, 비와코는 변태야~."

"아하하하!"

롤러코스터가 끝나고, 우리는 최고로 시원한 기분을 맛보며 지상으로 돌아왔다.

"이렇게 되니 다른 놀이기구도 엄청 기대되네요, 시모노 선배. 그 다리가 붕붕 흔들리는 거라든지!"

"아~, 비와도 그거 신경 쓰여. 뭔가 코스터 자체가 빙글빙글 돈다면서?"

"비와코 선배, 제가 사전 조사한 바에 따르면 그게 일본에서 제일 무섭다고 하는데요."

"야~, 나나노스케~, 비와를 얕보는 거냐~? 비와는 무서운

게 없다고, 야~."

비와코 선배가 신이 나서 내 어깨를 주먹으로 때렸다.

흥분이 가시지 않은 우리 뒤쪽에서 유이토 씨가 따스한 눈초리를 보내며 걸어오고 있었다. 얼굴이 새하얗게 질려 넋이 나간 여동생을 업은 채.

"저기저기~, 과장님은 괜찮아~?"

나오가 걱정스러운 듯이 업혀 있던 과장님의 얼굴을 들여다보았다.

"토우카는 예전부터 빠른 놀이기구는 질색했거든~. 무리하지 말고 아래에서 기다려도 되는데."

유이토 씨가 나오에게 대답하듯이 말했다.

"질색 안 해……, 무리 안 했어……."

등 너머로 당장에라도 숨이 넘어갈 것 같은 목소리가 들렸다. 이런 상황에서도 오기를 부리다니, 역시 과장님은 대단하다는 생각이 들기 시작했다.

"그럼 다음에는 어디 갈지 정할까?"

여동생을 다루는데 익숙한 건지 유이토 씨는 과장님의 죽어가는 목소리를 무시하고 일행들 앞에서 팸플릿을 펼쳤다.

그래도 이런 상태가 된 과장님을 데리고 다시 빠른 놀이기구를 타는 건 너무 가엾다.

모두의 분위기를 살리면서 과장님도 즐길 수 있는 놀이기구는……

"이 유령의 집은 어떨까요? 이곳 호러 하우스는 진짜가 나온다는 소문으로 정말 유명하던데."

나는 팸플릿에 나와 있는 지도를 손가락으로 가리키며 말했다.

"그래, 나도 TV에서 본 적이 있어. 예능 프로그램 같은 곳에서도 이용하곤 하던데."

유이토 씨가 내 제안을 받아들였다. 업혀 있던 과장님을 보니 표정이 좀 전보다 밝아졌다. 아마 빠른 놀이기구보다는 유령의 집 쪽이 훨씬 더 나은 모양이다.

"그럼 가시죠."

"호, 호오~, 나나노스케, 유령의 집처럼 어린애나 갈 만한 곳을 좋아하는구나~. 비, 비와는 어른이라서 좀 그런데~."

갑자기 비와코 선배가 그렇게 말했다.

갑작스러운 트집에 그쪽을 돌아보니……

얼굴이 창백해! 왠지 데자뷔가 느껴지는데!

설마……

"뭐, 뭐어~? 그런 어린애 눈속임 같은 건 비와는 전혀 무섭지도 않으니까. 다들 꼭 가고 싶다면……, 같이 가줄 수도 있다는 거거든? 비와는 그냥 다른 놀이기구도 괜찮겠다 싶기도 하고, 아니기도 하고?"

이번에는 당신이냐!

대체 뭐냐고!

엄한 미인 여자 상사는 빠른 놀이기구를 무서워하고?

모두가 동경하는 카리스마 갸루는 호러를 무서워하는 거야?

당신들, 너무 닮았어!

갭 모에를 노리는 거냐고!

약간 귀여운 구석이 있다는 생각이 들긴 했지만 말이야!

"어떻게 할까요? 비와코 선배가 유령의 집을 무서워하니 다른 곳으로 갈까요?"

"뭐? 무섭지 않거든? 같이 가주겠다고 하잖아. 두들겨 팬다, 나나노스케."

이 사람은……. 오기를 부리는 구석까지 과장님하고 똑같네.

"비와코 선배가 괜찮다면 딱히 상관없는데, 정말로 괜찮으신가요? 아까 과장님처럼 나중에 싫다고 해봤자 소용없어요."

"나는 상관없잖아!"

오빠에게 업힌 채 그런 말을 해봤자 설득력이 없다고.

"보세요, 비와코 선배. 이렇게 되고 싶지는 않죠?"

"시끄럽다고. 끈질기다고. 열받는다고. 갈 거라고. 괜찮다고. 무섭지 않다고!"

타악. 타악. 내 정강이를 두꺼운 부츠 끄트머리로 걷어차는 비와코 선배.

이쪽도 나름대로 고집스럽다.

"알겠어요, 알겠어요!"

정말, 손이 많이 가는 선배들이다.

아무튼 다음 예정은 '전율기괴 호러 하우스'로 결정이다.

◆

'전율기괴 호러 하우스'는 근미래의 병원을 무대로 삼은 곳이다.

다양한 미션을 클리어하면서 결승점을 향해 나아가는 체험형 호러다.

이른바 유령의 집에 탈출 게임의 요소를 더한 것이고, 완주율은 30퍼센트 미만인 것 같다.

중간에 중도 포기용 출구가 몇 군데 마련되어 있기에 호러를 꺼리는 사람도 마음 편히 시험해 볼 수 있다고 한다.

이 놀이기구도 좀 전에 탄 롤러코스터 다음으로 인기가 많기에 우리는 40분 정도 줄을 서서 겨우 출발 지점에 도착했다.

"비와코, 무서우면 무리하지 말고 중간에 포기해."

"딱히이, 무섭지 않으니까 괜찮거든은? 비와가 중간에 포기할 리가 없잖아아?"

목소리가 엄청나게 떨리는데. 아까부터 계속 과장님의 팔을 잡고 있고.

앞쪽 그룹이 출발하자 담당 직원이 설명을 해주었다.

보아하니 이 놀이기구는 두 명 또는 세 명 그룹으로 진행하는 것 같다. 아마 퍼즐 요소 같은 것 때문에 정원이 정해져 있는 것 같다.

나는 입구 앞에서 무대가 될 건물을 올려다보았다. 근미래 병원을 리얼하게 재현해놓았다. 설정에 따르면 의료용 AI가 폭주해서 환자를 인체실험에 이용하기 시작했고, 그 결과로 미지의 생물이 탄생해버린 병원이며 안에서 대체 무슨 일이 일어난 건지 조사해달라······는 식으로 우리가 조사원으로 발탁된 것이다.

컨셉만 보면 일본식 유령의 집이라기보다는 서양식 몬스터 패닉 계열이라는 느낌이려나? 아마 좀비 같은 게 잔뜩 있을 테고. 그런 곳을 맨손으로 조사하다니, 사망 플래그도 정도가 있지. 적어도 초기 장비로 나이프 정도는 주란 말이야.

"그룹은 어떻게 나눌까?"

담당 직원이 설명을 마치자 유이토 씨가 그렇게 말했다.

"묵찌빠로 나눌까요."

"그래."

그리고 정해진 결과는 다음과 같다.

선발조, 시모노, 여동생 카미조, 우시키.

후발조, 오빠 카미조, 나카츠가와, 사콘지.

남녀 밸런스는 적당히 나뉜 것 같다.

"나, 나오퐁, 특별히 비와 앞에서 가게 해줄게."

"맡겨만 줘! 비와코는 내 가슴 배리어로 지켜줄게!"

가슴 배리어가 뭔데. 네 가슴은 정말 만능이구나.

뭐, 저쪽은 믿음직스러운 유이토 씨도 있으니 괜찮으려나.

그런 한편, 나는······, 꽤 복잡한 멤버들과 함께 가게 되어버렸다.

내가 믿음직스러운 모습을 보여주고 싶은 상대는.

"탈출 게임······, 빠르게 클리어해주겠어."

이렇게 혼자만 다른 목적을 잡을 정도로 호러에 전혀 겁먹지 않았고.

믿음직스러운 모습을 보여주면 오히려 곤란한 다른 쪽 사람은.

"시, 시모노 선배……. 저기, 최대한, 떨어지지 말고 가주셨으면 하는데요……."

정반대로 완전히 겁을 먹어버렸다.

이런 상황에서 겁먹은 오구리를 밀쳐내면 내가 싫어져서 그녀가 고백하는 미래도 바꿀 수 있겠지만, 아무리 그렇다 해도 그런 악마 같은 짓은 할 수 없다.

"응, 괜찮아, 오구리. 천천히 가자."

"네……! 감사합니다. 역시 시모노 선배는 자상하시네요."

아, 그렇게 맑은 눈동자로 나를 보지 말아줘.

"헉!"

나는 갑자기 살기를 느끼고 돌아보았다.

과장님이 엄청나게 무서운 눈빛으로 나를 노려보고 있어!

그러고는 왠지 갑자기 고개를 숙이고는 발치에 있던 돌멩이를 찼다.

"나나야 군, 토우카도 무서울지도……."

"아니, 방금 탈출 게임이 어쩌고저쩌고 하면서 엄청나게 의욕을 보이셨잖아요."

퍼억.

이번에는 돌멩이가 아니라 내 다리를 걷어찬 과장님.

"아얏. 너무해!"

"흥! 내가 있으니까 걱정하지 말라든가, 그런 말은 못 해?"

"제가 있으니까 걱정하지 마세요."

한 번 더 걷어차였다.

아니, 무서워하지도 않는 사람한테 그런 말을 하면 창피하잖아! 그냥 안타까운 녀석이 된다고, 내가!

그렇게 살짝 다투고 있자니 담당 직원이 출발하라는 신호를 보냈기에 우리 선발조가 먼저 건물 안으로 들어가게 되었다.

"우와, 생각했던 것보다 어둡네. 우시키 양, 발치 조심해."

"네, 감사합니다. 카미조 선배."

들어오자마자 듬직한 모습을 보여주고 있네, 이 사람. 무서운 것 같긴 무슨.

어둠을 헤치고 나가보니 수술실이라고 적힌 방이 눈앞에 나타났다. 아마 첫 번째 이벤트가 진행될 방일 것이다.

입구엔 불길한 연두색 빛이 비치고 있었기에 어느 정도 호러 내성이 있는 나도 문을 여는 게 망설여졌다.

"여기에 수수께끼가 있는 거지?"

타악! 과장님이 문을 시원스럽게 연 다음 위풍당당하게 입장했다.

옆에 있던 오구리는 과장님이 문을 열 때 난 소리를 듣고 겁을 먹었다.

어쩔 수 없이 우리도 과장님을 따라 수술실로 들어갔다. 방 가운데에는 큼직한 수술대가 하나 있었다.

그리고 오구리가 입구의 문을 닫자 갑자기 붉은 빛이 켜지고 사이렌이 울리기 시작했다.

"꺄아악, 싫어, 무서워!"

오구리가 다시 입구의 손잡이를 잡았지만, 잠긴 건지 문이 열리지 않았다.

이어서 방 모퉁이에서 좀비가 기어 나와 '으아아아', 신음 소리를 내며 천천히 이쪽으로 다가왔다.

"으어어어엇!" "꺄아아아아아악!"

나와 오구리가 동시에 비명을 질렀다.

아니, 상상했던 것보다 더 무섭잖아, 이거!

"아마 이 수술대에 놓여 있는 제어장치 같은 기계를 써서 잠긴 출구를 여는 거겠구나. 아, 기계 화면에 간단한 퍼즐이 떴어. 이 정도라면 금방 풀 수 있겠네."

저 사람은 뭔가 혼자서 담담하게 진행하고 있는데!

과장님이 수술대에 놓여 있던 휴대용 게임기 같은 기계를 조작하기 시작했다. 그렇게 10초 정도 뽕뽕거리고 있자니.

철커엉———!!

"으아앗!" "싫어어어어!"

갑자기 큰 소리가 울리자 나와 오구리가 다시 소리를 질렀다.

"열렸네. 가자."

잠긴 문이 열린 소리였냐!

아니, 저 사람은 왜 저렇게 냉정한 건데!

성큼성큼, 앞으로 나아가 출구를 열고 방에서 나가는 과장님.

남겨진 우리는 다가오는 좀비들을 보고 겁을 먹은 채 필사적으로 쫓아갔다.

수술실을 나서자 이번에는 푸른 빛이 비추고 있는 복도가 나왔다.

"으으으, 무서워요……, 시모노 선배……."

옆에서 몸을 기대는 오구리를 보고 나는 몸을 움츠리며 한심한 목소리로 대답했다.

"오, 오구리, 미안해. 나도 꽤 무서운 것 같아……."

앞서가는 과장님은 등을 쭉 펴고 있었다.

어머, 정말 깔끔한 자세셔라.

과장님은 너무 앞서가고 있다는 사실을 눈치챈 건지 이쪽을 돌아보고 푸른 빛을 등진 채 우리 곁으로 걸어왔다.

뭔가 무서운데! 여기 직원인 건 아니겠죠?!

"나나야 군."

"네, 네……!"

"토우카도 무서우니까……, 같이 갈래?"

자기가 성큼성큼 가놓고 무슨 염치로 그런 말을 하는 거야!

같이 갈래? 하는 말투가 엄청나게 귀여웠으니까 용서해주겠지만.

아니, 오히려 내 쪽에서 그렇게 말하고 싶다.

과장님처럼 믿음직한 사람이 곁에 있어 주지 않으면 무서워서 더 이상 나아갈 수가 없을 것 같다.

"저기, 과장님. 남자인 제가 이런 말을 하는 건 좀 한심하지만, 가능하다면 떨어지지 말아주셨으면 하는데요."

"어?! ……으, 응! 안 떨어질 거야!"

다행이다. 아, 역시 연상 누님은 최고야. 왠지 엄청 안심이 된다.

그건 그렇고 이런 게 앞으로 세 군데나 남았다니, 과연 내 심장이 버틸 수 있을까.

◆

"겨우 끝났네~."

결승점인 출구를 지나 수십 분 만에 바깥으로 나왔다. 약해졌던 내 마음이 햇빛으로 가득 찼다. 아, 세로토닌 최고야.

"햇님이 따스하네요……."

오구리도 멍한 눈빛으로 하늘을 올려다보고 있었다. 땀 때문에 앞머리가 이마에 달라붙어 있다.

"수수께끼가 전부 퍼즐 계열이라 의외로 빨리 나올 수 있었네!"

과장님만은 SAN치가 정상을 유지하고 있는 것 같다. 뭔가 혼자서 달성감 같은 걸 맛보고 있고.

시간이 좀 지나자 출구 쪽에서 비명 소리가 들리기 시작했다.

"꺄아악~! 이제 싫거든~! 나오퐁, 기다려~!"

"아하하~, 비와코, 옷 좀 잡아당기지 마~. 아, 출구야, 봐!"

"어?! 앗싸~! 얼른! 나오퐁, 얼른 나가자!"

비와코 선배와 나오가 팔짱을 꽉 낀 채 출구에 모습을 드러냈다.

유이토 씨도 뒤에서 어쩔 수 없다는 듯한 포즈를 취하며 나왔다.

후발조가 나온 사실을 눈치챈 과장님이 비와코 선배에게 달려

갔다.

"비와코, 중간에 포기하지 않고 끝까지 완주했구나! 기특하다, 기특해."

"으으, 무서웠어, 토우카~."

역시 비와코 선배도 오기를 부릴 만한 기운이 남아 있지 않은 모양이다. 과장님의 가슴으로 파고들어 얼굴을 비벼대고 있다. 여자들은 부럽네. 나도 과장님에게 응석 부리고 싶은데.

"과장님~, 나도 무서웠어~, 흑흑흑."

"나오도 착하다, 착해."

나오도 과장님의 가슴에 얼굴을 비벼댔다. 다시 한번 말하지. 여자들은 부럽네.

아니, 가슴 배리어는 어쨌는데. 그리고 너, 나올 때 신이 나서 '아하하~'라고 웃었잖아? 여유로운 표정을 지었잖아?

나오의 표정을 살짝 들여다보니 엄청나게 악당 같은 미소를 짓고 있었다. 잔머리를 굴리다니.

"벌써 12시인데, 점심 식사를 할까?"

유이토 씨가 왼손에 차고 있던 시계를 보며 다른 일행들에게 말했다.

시간이 벌써 그렇게 됐나?

인기 있는 놀이기구를 두 개나 즐겼으니 오전치고는 꽤 괜찮게 보낸 것 같다.

모두 함께 모여서 다시 안내 팸플릿을 보며 레스토랑의 위치를 확인했다.

"비와는 단 걸 먹고 싶거든."

"맞아요. 저도 체력을 많이 써서 당분을 섭취하고 싶네요……."

"야~, 오구오구, 마음이 잘 맞네~."

"따, 딱히, 사콘지 선배에게 맞장구를 친 건 아니에요."

"뭘 그렇게 부끄러워하는데. 빵 터지네."

"부끄러워하는 거 아니에요."

비와코 선배가 오구리를 놀려대는 동안 다른 멤버들끼리 여러 점포가 한데 합쳐져 있는 푸드 코트 에리어를 찾아냈고, 우리는 그곳으로 가기로 했다.

◆

푸드 코트 에리어는 꽤 넓었다. 테이블 숫자도 많고 2층까지 있다.

우선 각자 먹고 싶은 것을 산 다음 자리에 모였다.

나는 이 테마파크 오리지널이라 인기가 많은 빅 버거 세트를 주문했다. 빵 사이에 낀 두껍고 큼직한 패티가 맛있을 것 같다.

과장님도 나와 똑같은 메뉴를 주문했다. 나오와 유이토 씨는 라멘. 비와코 선배와 오구리는 팬케이크. 다른 멤버들이 산 음식을 보니 왠지 그걸 먹고 싶어지는 현상이 있는데 대체 뭘까.

"나나야 군, 시치미 좀 집어줘."

내 옆에 앉아 있던 과장님이 말했다.

"햄버거에도 뿌리게요?!"

"놓여 있으니까."

조미료가 여럿 담긴 바구니 안에 시치미가 있긴 한데. 그건 소바나 규동을 주문한 사람들을 위해 놓아둔 거라고요.

"그리고, 뿌리는 게 아니라 끼울 거야."

과장님은 내게 시치미를 받아들고는 햄버거의 빵을 위쪽만 들어 올린 다음 패티에 직접 뿌렸다.

"아니, 뿌리든 끼우든 마찬가지 아닌가요."

패티를 감싸고 있던 데리야키 소스가 붉게 물들기 시작했다. 어라? 그런데 의외로 맛있을 것 같기도 하네. 달콤하고 매콤한 소스와 시치미는 잘 어울리니까.

"저기……, 과장님, 저도 시치미 좀 주실래요?"

"응, 어라~? 나나야 군도 뿌리고 싶어~?"

크윽, 심술궂은 미소다……. 내가 빵을 들어 올리고 기다리는 걸 알고 있으면서.

"……부탁드릴게요."

"응석꾸러기네……."

과장님은 귓가에 그렇게 속삭이고 내 얼굴을 빤히 바라보며 시치미를 천천히 데리야키 소스에 뿌리기 시작했다.

뭐야 이거, 야해!

과장님, 이 녀석, 어느새 이런 소악마 같은 행동을 익힌 거지? 응, 그런데 시치미를 뿌리면서 할 만한 행동은 아니라고, 그런 건.

"그런데 오후에는 어떻게 할 거야? 토우카가 빠른 놀이기구를 못 타면 갈 곳이 애매하거든."

내 정면에 앉아있던 비와코 선배가 말했다.

"딱히 빠른 놀이기구를 싫어하는 건 아니거든? 물론 오늘은 충분하다 싶어서 안 탈 거지만, 다른 사람들은 신경 쓰지 말고 타."

"그래, 그래, 오기 부리느라 고생이 많다고."

"오, 오기 같은 거 아니야! 아, 비와코를 위해서 호러 계열은 피해야겠네! 비와코는 강아지처럼 왕왕 울어댔으니까!"

"뭐어? 비와는 딱히 유령 같은 건 무섭지도 않다고! 아니, 아까 나온 좀비 전부 비와가 처죽였거든! 안 그래? 나오퐁!"

아니, 스탭이니까 처죽이면 안 되잖아. 그리고 죽일 수가 없으니까 좀비 아니야?

"응! 비와코가 그레네이드 런처로 싹 쓸어버렸지."

나오가 쓸데없이 받아주는군. 그렇게 좁은 실내에서 그레네이드 런처 같은 걸 쓰면 안 되지.

수습이 안 될 것 같으니까 끼어들어야겠다.

"그럼 나는 선물 코너를 먼저 봐두고 싶으니까 오후에는 과장님이 같이 가주세요."

"어?!"

"아까 다들 일본에서 제일 무서운 놀이기구 이야기를 하면서 신이 났었으니까 아마 그걸 타러 가게 될 거예요. 어차피 과장님은 못 타시죠?"

"어, 어차피 못 탈 거라니, 그게 무슨 소리야. 뭐, 나도 선물을 봐두고 싶었으니까 같이 가줄 수도 있지만."

"네, 네, 같이 가주세요."

일본에서 제일 무서운 놀이기구 같은 걸 타면 과장님은 실신해버릴 것 같다.

내가 제안하자 유이토 씨가 거들어주었다.

"그럼 다른 멤버들은 나하고 같이 그 무서운 놀이기구를 타러 가볼까?"

"와아~! 기대되네~! 안 그래~? 오구오구~!"

신이 난 나오가 오구리에게 말을 걸자 그녀는 약간 당황했다.

"저기……, 저도 선물……."

"야~, 오구오구~, 누가 더 겁을 안 먹는지 승부해보자고."

"아니……, 저는 그게, 선물 쪽……."

"좋아~, 비와코! 나도 그 승부를 받아들이겠어! 셋이서 승부해서 진 사람이 아이스크림 쏘기!"

"저기……, 저는……."

"나오퐁이나 오구오구에게는 질 리가 없거든?"

"그랬겠다~! 좋았어, 유이토 군, 바로 가자! 자, 오구오구도 가자!"

"아아~~~~!"

오구리는 신이 난 사람들에게 억지로 끌려가 버렸다.

따라가려고 일어선 유이토 씨는 나를 보며 윙크했다.

"시모노 군, 나중에 만나자고. 토우카를 잘 부탁할게."

그때 나는 과장님과 단둘이 남게 된다는 사실을 새삼 눈치챘다.

오후에는 두근거리는 놀이공원 데이트를 하게 될 것 같다.

◆

"이거 봐, 이거 봐, 시모노 군. 귀엽지 않아?"

입구 근처에 있는 선물 가게에서 과장님이 티셔츠 한 장을 들고 말했다.

하얀 바탕에 무시무시한 좀비 일러스트가 인쇄되어 있는 셔츠다.

"그거 아까 갔던 호러 하우스 굿즈죠? 죄송합니다, 좀비가 귀엽다는 감각을 이해할 수가 없네요."

"어째서~, 귀엽잖아."

"아니, 데포르메된 거라면 모를까, 꽤 리얼하게 그려져 있잖아요. 이게 어디가 귀여운데요."

"포즈라든가."

포즈?! 전혀 예상치 못한 대답인데! 척 보기에도 사람을 덮치려는 자세거든요?!

"다른 것도 보자고요."

가게 안은 넓었고, 다양한 선물이 있었다.

과장님이 방금 들어본 놀이기구 굿즈나 이 현의 특산물과 콜라보한 테마파크 한정 과자, 지방에서 유명한 건지 절임 같은 것도 팔고 있었다.

"나나야 군은 누구에게 선물을 사다 줄 거야?"

과장님이 진열된 상품을 느긋하게 바라보며 내게 물었다.

"오니키치랑 가족들에게요. 코후유도 괜찮은 걸 사다주지 않으면 시끄럽게 굴 테고요."

"코후유도 왔으면 좋았을 텐데."

"오늘은 동아리 때문에 시간이 안 나는 모양이에요. 그리고 그 녀석은 낯을 많이 가리니까 비와코 선배하고 오구리가 있는 걸 알면 어차피 안 왔을 거예요."

"아, 그렇구나. 원래 우시키 양이 꺼낸 이야기였으니까. 뭔가 저번 오프라인 모임 때도 그렇고 멋대로 참가해서 미안하네."

"과장님이 없으면 비와코 선배와 나오의 마이 페이스를 막을 사람이 없잖아요. 저 혼자서는 힘들다고요."

"아하하, 그렇긴 하네."

쑥스러운 듯이 웃는 과장님.

마침 과자가 진열된 코너에 도착했기에 나는 샘플을 하나 들어보았다.

"오니키치에게는 이게 좋으려나."

"오니키치 군은 오늘 볼일이 있었던가?"

"볼일이라고 해야 하나, 선탠하는 날인 모양이던데요."

"선탠하는 날……, 날짜를 제대로 맞춰서 해야 하나 보네. 나도 오니키치 군에게 선물을 사다줄까."

"그럼 둘이서 사는 걸로 하고 조금 비싼 걸로 살까요?"

"어머, 그거 좋네. 그렇게 하자."

나는 들고 있던 과자를 있던 곳에 내려놓고 그 옆에 있던 약간 고급스러운 초콜릿 세트를 들었다.

과장님도 가족에게 줄 선물로 다른 과자를 하나 골랐다. 우리는 곧바로 과자 코너에서 나와 다시 가게 안을 둘러보았다.

대충 돌아본 다음에 과장님이 갑자기 멈춰서서 진열장에 걸려 있던 열쇠고리를 보고 말했다.

"그러고 보니 예전에 사원 여행을 갔을 때 나나야 군이 이상한 열쇠고리를 샀었지."

"이상한 거 아니에요. 알파카 열쇠고리라고요. 집 열쇠에 달게 마침 필요해서 별생각 없이 산 건데요."

"그게 어디 갔을 때더라?"

"나스요. 동물 체험 코너나 트릭 아트를 보러 가기도 했잖아요."

"아, 생각났다! 꽤 즐거웠지."

"또 가고 싶네요."

"디 오텀 상사에 입사하면 또 갈 수 있어."

"어떻게 될지 모르죠~. 어떤 영향 때문에 사원 여행 행선지에도 역사 개변이 일어날 수 있으니까."

"아하하, 지금까지 생각했던 것들 중에 제일 어찌 되든 상관없는 역사 개변이네."

과장님이 배에 손을 대고 웃었다.

"어찌 되든 상관없진 않아요. 그 알파카 열쇠고리는 꽤 마음에 들었으니까."

"마음에 드는 걸 또 찾아보면 되잖아. 눈앞에도 잔뜩 있어. 이런 건 어때?"

과장님이 그렇게 말하며 들어 올린 것은 산을 모티브로 삼은 캐릭터 열쇠고리였다. 이 테마파크의 마스코트 캐릭터인 것 같다.

"왠지 얼굴이 밉살스럽게 생기지 않았나요?"

"그런가? 귀엽잖아. 야먀데 군이래."

역시 아까 그 티셔츠도 그렇고 과장님의 센스를 이해하기가 힘들긴 하지만, 그래도 좀비보다는 야마데 군이 그나마 낫다.

"그럼 모처럼 왔으니까 살까."

"저……, 저기, 나나야 군."

"네?"

내가 야마데 군 열쇠고리를 진열장에서 하나 집어 들자 과장님이 약간 낮은 목소리로 내 이름을 불렀다.

"……한 쌍으로 사지 않을래?"

"한 쌍으로요?!"

"시, 싫으면 됐고!"

"아뇨! 싫지 않아요!"

한 쌍. 페어. 똑같은 물건을 가지고 다닌다는 뜻. 둘만의 추억으로.

과장님이 어떤 의도로 그런 제안을 한 건지는 모르겠지만, 거절할 정도로 나는 바보가 아니다.

역시 우리 사이의 거리는 착착 좁혀들고 있는 것 같다.

"그럼 야마데 군의 포즈 종류가 여러 가지 있으니까 서로 골라주기로 할까?"

"괜찮겠네요. 센스를 확인할 수 있겠어요."

"후후후, 나나야 군에게 어울리는 걸로 골라줄게."

"저도 과장님에게 어울리게끔 귀여운 걸 고를게요."

우오오오오오, 이게 뭐지?

엄청나게 커플 같잖아.

어? 즐겁다. 최고!

"아, 그 전에 난 잠깐 화장실 좀 다녀올게. 먼저 고르고 있어."

"아뇨, 기다릴 테니 같이 골라봐요."

"아하하, 그럼 그럴까? 미안해."

"아뇨, 아뇨."

과장님은 그렇게 말한 다음 화장실로 향했다. 왠지 과장님도 즐거워 보인다. 어쩌면 그냥 오랜만에 놀이공원에 온 것 자체가 과장님에게 즐거운 이벤트인 건지도 모르겠지만, 그렇다 해도 나는 과장님의 미소를 잔뜩 볼 수 있어서 만족한다.

반칙이지만 먼저 열쇠고리를 봐둘까.

그렇게 치사한 생각을 하고 있는데 뒤에서 귀에 익은 목소리가 들렸다.

"시모노 선배!"

돌아보니 그곳에는 오구리가 있었다.

"어라, 오구리잖아. 놀이기구는?"

"저만 안 타고 이쪽으로 와버렸어요."

"그랬구나."

숨을 좀 헐떡이고 있는 걸 보니 뛰어온 건가?

"오구리도 먼저 선물을 사고 싶었어?"

"아뇨, 저는……, 저기, 시모노 선배하고 같이 타고 싶은 게 있어서……, 그래서 왔어요."

오구리는 그렇게 말한 다음 11년 전과는 달리 고개를 숙이지 않고 나를 똑바로 보았다.

"타고 싶은 거?"

"네, 저기……, 관람차예요."

"관람차……."

어떻게 할까, 나는 잠시 망설였다.

그녀가 나름대로 어필하고 있다는 건 어렴풋이 알 수 있었다. 아마 급하게 나를 데려가러 왔을 것이다. 하지만 역시 내 마음은 흔들리지 않는다. 오구리에게 매력이 없어서 그런 건 결코 아니다. 그저 내게는 좋아하는 사람이 있기 때문이다. 그 사실이, 그 마음이 흔들리지 않는다는 것뿐이다. 그렇다면 내가 오구리에게 해줄 수 있는 건 그녀가 앞으로 입게 될 상처를 최대한 작게 만들어주는 것뿐이다.

어설프게 기대를 하게 만들면 오히려 그녀를 상처 입게 만들어버릴 것이다.

건방진 말을 하고 있는 건지는 모르겠지만, 일찌감치 나를 향한 마음을 포기하게 만들어서 고백을 피한다. 그게 내가 해야 할 선택일 것이다.

하지만 여기서 거절하는 것도 나름대로 가엾어 보이는데. 그렇게 갈등하고 있자니 과장님이 우리가 있는 쪽으로 돌아왔다.

좀 안 좋은 타이밍이다.

"어라, 우시키 양, 이쪽으로 왔었구나. 우시키 양도 같이 쇼핑할래?"

"아뇨, 저는 시모노 선배랑 관람차를 타고 싶어서 데리러 왔어요."

오구리가 재빨리 대답했다.

"그랬구나. 그럼 선물을 산 다음에 셋이서 갈까?"

여동생의 의견을 존중해주는 언니 같은 눈빛으로 과장님이 오구리를 보았다.

"그럴까? 오구리."

나도 곧바로 그 흐름에 올라탔다.

───하지만.

"아뇨, 전 시모노 선배하고 둘이서 관람차를 타고 싶으니까 죄송하지만 따로 행동해주셨으면 좋겠어요."

그녀는 직설적인 말을 꺼냈다.

11년 전에는 본 적이 없었을 정도로 씩씩하게, 솔직하게.

"그, 그래, 알았어⋯⋯."

과장님이 작은 목소리로 대답했다.

"그래도 과장님, 열쇠고리."

"괜찮아, 괜찮아. 귀여운 후배가 부탁하는 거니까 다녀오도록 해, 나나야 군."

"과장님⋯⋯."

나는 더 이상 아무런 말도 할 수가 없었다.

오구리의 솔직한 마음과 어른스럽게 대처하는 과장님을 보니 그저 고개를 숙이고 방관자가 되는 것밖에 할 수 있는 게 없었다.

그리고.

한심하게도 카미조 토우카가 지금 어떤 표정을 짓고 있을지 무서워서 볼 수가 없었다.

◆

까앙, 까앙, 까앙, 날카로운 소리와 함께 우리가 타고 있는 곤돌라가 천천히 고도를 높여갔다.

테마파크 주위에는 산과 숲이 펼쳐져 있기에 창문 너머로 보이는 경치도 괜찮았다.

"시모노 선배, 왠지 억지를 부린 것 같아 죄송해요."

맞은편에 앉은 오구리는 평소처럼 고개를 숙이며 말했다.

"아니, 괜찮아."

나는 앞을 보며 대답했다.

그 말을 듣고 안심했는지 오구리가 천천히 고개를 들었다.

가깝다.

관람차 안이 이렇게 가까웠나?

처음 타본 거라 몰랐다.

팔을 약간만 뻗어도 금방 손바닥이 닿을 것 같은 거리였다.

곤돌라가 흔들리는 건지, 아니면 내 뇌가 흔들리는 건지, 애매한 긴장감이 감돌고 있었다.

아무런 말도 없는 가운데 곤돌라가 서서히 정상으로 다가갔다.

연상이라면 이야기 정도는 주도해야지, 나나야.

나는 스스로 그렇게 타이르면서 입을 열었다.

"그러고 보니까……." "저, 저기……."

"아, 미안." "죄송합니다!"

크윽~. 마음이 맞는 건지 안 맞는 건지 모르겠다.

"뭐야?"

"아뇨, 시모노 선배부터 말씀하세요."

"그래? 오구리는 나오하고 어떻게 알고 지내는 사이야?"

지금 물어볼 게 아닐 텐데, 이야기 소재가 이런 것밖에 생각나지 않는다. 그래도 신경 쓰이던 거니까 딱히 상관없겠지?

"알고 지낸다고 해야 하나……, 근처에 살아서 우연히 친구가 되었다는 느낌이네요……."

"아, 그렇구나. 오구리는 니시 중학교에 다니지?"

"네……, 어라? 제가 시모노 선배에게 니시 중학교에 다닌다고 이야기를 했던가요?"

"아, 아니!"

그랬지. 이건 타임 리프 전에 들었던 정보고 이 시대의 오구리하고는 아직 중학교 이야기를 한 적이 없다.

"아……, 혹시 카미조 선배에게 들었나요?"

"응? 맞아! 응, 과장님에게 들었거든!"

위험했다~! 과장님하고 어느새 그런 이야기를 했었구나. 덕분에 살았어~.

"시모노 선배는 카미조 선배를 과장님이라고 부르시네요."

"아, 뭐, 별명 같은 거야. 나오도 과장님이라고 부르잖아?"

"그러고 보니 그렇네요. 재미있는 별명이에요."

"아하하……."

역시 여고생을 과장님이라고 부르는 건 위화감이 있긴 하지.

"사콘지 선배도 그렇고 나오 선배도……, 카미조 선배까지, 다들 예쁜 사람들뿐이에요."

"나오는 소꿉친구니까 뭐라 말하기 힘들긴 한데, 나머지 두 사람은 아마쿠사 고등학교에서도 유명하니까. 역시 니시 중학교에서는 고등학생 소문을 들을 기회가 별로 없겠지?"

"사콘지 선배는 몰랐는데, 카미조 선배는 니시 중학교에서도 유명해요. 남자들 중에는 카미조 선배를 노리고 아마쿠사 고등학교를 지망하는 사람도 있는 것 같아요."

오구리는 그렇게 말한 다음 창밖을 바라보았다. 잠시 침묵이 이어졌다.

"……그래도, 오구리도 귀여워."

"정말이에요?! 기, 기쁘네요."

나도 모르게 분위기를 견디지 못하고 또 기대하게 만드는 말을 해버렸다. 그래도 그렇게 쓸쓸한 표정으로 눈을 돌리는데 아무런 말도 없이 조용히 있으면 왠지 가엾잖아.

그리고 오구리가 귀엽다고 생각하는 건 진심이다. 이 애는 좀 더 자신감을 가졌으면 좋겠다.

"그런데 오구리는 좀 전에 무슨 말을 하려고 했던 거야?"

"아, 저기……, 카미조 선배 말인데요."

"응."

"시모노 선배는 카미조 선배를 어떻게 생각하시나요―――?"

덜컹, 곤돌라가 흔들렸다.

정상에 도착해서 내려가기 시작한 모양이었다.

"어떻게……, 라니?"

나는 질문의 의도를 이해하고도 뻔뻔하게 물었다.

"사콘지 선배나 나오 선배하고 사이가 좋은 건 척 봐도 알겠는데, 카미조 선배를 보는 시모노 선배의 눈빛은 그거랑 다른 느낌이라서요. ……혹시 사귀시나요?"

"설마! 사귀는 건 아니야."

"정말로?! 다행이네요……."

오구리가 방긋 웃었다.

나는 역시 다른 사람이 보기에 알아보기 쉬운 건가?

하지만 과장님을 좋아한다는 사실은 마찬가지다. 그렇다면 아예 지금 오구리에게 그 사실을 밝히면, 그녀도 나를 포기해주지 않을까.

여자애의 의견을 듣고 싶다고 하면서 연애 상담 같은 식으로 말하면 흐름도 자연스럽고.

좋아, 그렇게 하자.

창밖을 한 번 보았다. 슬슬 내릴 때가 다가온다. 출구에 도착하기 전에 말해야겠다.

나는 마음을 굳게 먹고 오구리를 보았다.

동그랗고 예쁜 눈이 이쪽을 보고 있었다.

당장에라도 울음을 터뜨릴 것 같고, 그러면서도 힘차고 순수한 눈.

그리고 그녀는 말했다.

"저번에 오프라인 모임 때 말했던 거, 진심이니까요."

그 자그마한 어깨가 살짝 떨리고 있었다.

나는 오구리에게서 눈을 돌릴 수가 없었다.

곤돌라가 출구에 도착했다.

담당 직원이 문에 손을 대기 직전에 오구리가 마지막으로 한마디 덧붙였다.

"시모노 선배도 진지하게 생각해주시면 기쁠 것 같아요."

그리고 얼굴을 새빨갛게 물들인 채 먼저 곤돌라에서 내렸다.

나는 멍해진 채 그녀를 따라 곤돌라에서 내렸다.

이런, 방금 그건 조금———, 흔들렸는데.

◆

관람차에서 내린 다음, 모두와 합류하고 난 뒤에 우리는 야외 아이스크림 가게에서 숨을 돌리고 있었다.

한 테이블에 앉아 모두 함께 어둑어둑해지기 시작한 하늘을 올려다보았다.

"아, 시작했네."

테마파크의 인기 이벤트인 야간 불꽃놀이가 솟구치는 모습을

Illustrations copyright ⓒ YOM

보고 나오가 말했다.

놀이공원의 메인 통로에서는 불꽃놀이와 함께 퍼레이드가 시작되었다.

"잠깐, 저 인형 옷 뭐야. 엄청 기분 나쁜데?"

비와코 선배가 아이스크림을 낼름낼름 핥으면서 퍼레이드 중심에 있는 마스코트 캐릭터를 손가락으로 가리키고 웃었다.

"야마데 군이야. 귀엽잖아."

"뭐~? 토우카, 센스 안 좋네~."

"어째서! 귀엽잖아!"

비와코 선배 옆에서 과장님이 눈을 가늘게 떴다. 참고로 그녀는 와사비 아이스크림을 먹고 있다. 이 지역 한정 아이스크림인 모양인데, 이 사람은 정말 향신료 계열을 좋아하는구나.

두 사람이 아무래도 상관없는 말다툼을 하고 있는 것과는 대조적으로 나오는 옆에 앉아있던 유이토 씨의 어깨를 탁탁 때리며 즐겁게 떠들고 있었다.

"유이토 군, 저거 봐. 방금 야마데 군이 넘어질 뻔했어~, 아하하하~!"

나이 차이가 아무리 나더라도 나오의 거리감은 변함이 없는 것 같다. 천성적인 재능이다.

다른 사람들보다 먼저 아이스크림을 먹어치운 나는 포장지를 버리기 위해 혼자서 일어나 매점 옆에 놓여있던 쓰레기통 쪽으로 향했다.

포장지를 던져넣자 콰앙, 불꽃놀이 소리가 하늘에서 크게 들려왔다.

나는 여름방학 때 있었던 일을 떠올리며 혼자서 그 불꽃놀이를 올려다보았다.

"다 같이 보는 불꽃놀이도 즐겁네."

좀 전까지 자리에 앉아있었던 과장님이 어느새 내가 있는 곳으로 다가와 부드러운 미소를 지었다.

"어라, 과장님, 아이스크림은요?"

"이미 먹어버렸어."

그녀는 그렇게 말하고 포장지를 내게 보여준 뒤 곧바로 쓰레기통에 넣었다.

내가 일어서기 전에는 아직 절반밖에 안 먹었던 것 같은데……, 어지간히 맛있어서 멈추지 않고 먹어버린 건가?

"오늘은 오랜만에 들떴네요."

"그러게. 일을 하다 보면 놀이공원 같은 곳에 갈 기회도 별로 없으니까."

"온천에 갈 기회는 늘어났지만요."

"후후, 정말. 아저씨 같은 말 하지 마. 아직 20대잖아. 게다가 10년 정도 젊어졌고."

"저기……, 아까는 죄송했어요. 과장님만 혼자 남겨두고 가서."

"그런 걸로 신경 쓸 필요 없어. 선물을 산 다음에 바로 비와코랑 다른 사람들하고도 만났고."

"그래도 빠른 놀이기구는 못 타시잖아요?"

"그러니까, 딱히 못 타는 건 아니야! 뭐, 결과적으로, 어디까지나 결과적으로 안 타긴 했지만. 비와코도 그렇고 나오도 일본에서 제일 무섭다는 그걸 타고 난 뒤에는 빠른 계열은 타기 싫어졌대. 오빠는 아무렇지도 않은 것 같았지만."

비와코 선배도 나오도 그렇게 기대했었는데, 어지간히 무서웠던 모양이다. 나와 오구리는 타지 않았던 게 다행일지도 모르겠다.

"그렇다면 다행이고요."

"그쪽은? 관람차 즐거웠어?"

"네, 뭐, 관람차 같은 건 별로 탈 기회가 없으니까요."

"흐음~."

과장님이 내게 등을 돌린 채 말했다.

"뭐 화난 거 있으세요?"

"딱히~."

"상대는 중학생이니까 이상한 짓은 안 해요."

"당연하지!"

이쪽으로 돌아서서 나를 노려보는 과장님.

볼이 부풀어 있다.

혹시 질투하시나요?

그렇게 물어볼 수 있다면 얼마나 좋을까.

연하인 오구리는 그렇게 적극적으로 노력했는데, 나는 정말.

양쪽 모두에게 어정쩡한 태도만 보이고, 결국 뭘 했던 걸까.

"좀 싸늘해졌네요. 겉옷은 의자에 걸쳐두고 왔는데. 슬슬 돌아가시죠."

나는 가을 밤바람을 핑계 삼아 마치 그곳에서 도망치듯이 걸어가기 시작했다.

　과장님도 나를 따라 걸어오기 시작했다.

　둘이서 다른 사람들이 있는 곳으로 돌아가기 위해 걸어가다 보니 왠지 신입 시절이 생각났다.

　배속된 이후로 반년 정도는 과장님의 외근에 동행하곤 했지.

　그때도 이렇게 나란히 걸어다니곤 했다.

　그때와 지금, 우리의 관계는 바뀌었을까.

　"나도 관람차, 타고 싶었는데……."

　옆에서 걸어가던 과장님이 문득, 작은 목소리로 말했다.

　하늘을 올려다보았다.

　좀 전까지 예쁘게 빛나고 있던 불꽃놀이가 희미한 구름에 가려져 있었다.

　역시 나는 과장님의 얼굴을 볼 수가 없었다.

◆

　잠이 안 온다.

　놀이공원에서 돌아와 침대에 누운 건 새벽 1시가 되기 전.

　피로 때문에 몸이 휴식을 원하고 있을 텐데.

　내 뇌는 답답해하며 시간이 지나도 슬립 모드로 넘어가지 않았다.

　오구리의 얼굴과 과장님의 얼굴이 감은 눈꺼풀에 떠올랐다.

"아, 안 되겠네."

나는 몸을 일으키고 책상 위에 두었던 휴대용 디지털 오디오 플레이어를 들었다.

이럴 때는 심야 라디오를 듣는 게 제일이다.

귀에 이어폰을 끼고 다시 침대에 누웠다.

마침 내가 좋아하는 개그맨 콤비가 진행하는 라디오가 시작될 시간이다.

채널을 맞춰서 한동안 방송국의 광고를 흘려들었다.

그리고 시곗바늘이 한 시를 가리키자 라디오 프로그램이 시작되었다.

『안녕하세요, 포테이토 & 라이스의 이나바입니다.』

『안녕하세요, 포테이토 & 라이스의 사카베입니다.』

『자 이번 주에도 시작되었습니다. 포테이토 & 라이스의 새터데이 턴 나이트. 매주 다양한 토크 테마로 메일을 모집하고 있습니다. 이번 주 테마는 ○○의 가을. 그러니 여러분이 생각하는 ○○의 가을에 대한 이야기를 보내주세요. 재미없는 테마네, 너무 틀에 박힌 주제잖아.』

『이봐, 이봐, 시작하자마자 진행자가 테마에 트집을 잡으면 어떻게 해.』

『애초에 ○○의 가을에 대한 이야기라니, 그냥 일상 토크잖아.』

『응, 뭐, 그럴지도 모르겠지만.』

『우리 방송 작가는 툭하면 일을 대충하니까.』

『방송 작가 욕은 하지 말라고! 네, 죄송합니다, 여러분. 오늘도 이나바는 컨디션이 좋은 모양이라서요.』

『컨디션이 좋다니. 네가 왜 내 컨디션을 멋대로 정하는데.』

『그런 건 따지지 않아도 된다고! 자, 메일이 들어오고 있습니다. 음, 라디오 네임 하카타의 된장. 이나바 씨, 사카베 씨, 안녕하세요. 저는 연애의 가을이라는 주제로 두 분께 의논드릴 게 있습니다. 저는 지금 대학교 2학년인데, 최근에 동아리에서 알고 지내게 된 선배에게 고백을 받아서 여자친구가 생겼습니다. 외모는 수수하지만 착한 사람이라 사귀기로 했는데, 사귀기 시작한 첫날에 전화를 얼마나 자주 하는 게 좋겠냐고 제가 물어보니까 여자친구는 가능하다면 날마다 했으면 좋겠다고 했습니다. 하지만 저는 날마다 통화하기 힘들어서 일주일에 두 번 정도 하고 있습니다. 솔직히 날마다 통화하고 싶다고 하는 여자친구와는 잘 맞지 않는 것 같다는 생각도 듭니다. 역시 쫓기는 사랑보다는 쫓아가는 사랑이 더 나을까요? 두 분의 의견을 말씀해 주세요……라는 이야기네요.』

『이 녀석, 마음에 안 드네~.』

『그런 말 하지 말라고!』

『꼭 있단 말이지, 이런 녀석. 날마다 통화하는 게 힘들다니, 그 애는 물어봐서 대답한 것뿐이잖아. 게다가 상대방이 원하는 걸 무시하고 일주일에 두 번만 하고 있는 거면 여자친구가 너한테 맞춰주고 있는 거잖아? 그리고 '잘 맞지 않는다'는 건 뭐야? 만약에 여자친구가 날마다 전화를 걸면서 날마다 통화하지 않으면 싫다고 화를 냈다면야 네게 '잘 맞지 않는다'고 생각할 권리가 있겠지. 가치관을 알려주는 거랑 밀어붙이는 걸 혼동하지 말란 말이야.』

『우와……, 시작되어버렸어.』

『애초에 수수하지만 착하다는 건 또 뭐야. 왜 수수한 게 잘못인 것처럼 말하는 거냐고.』

『이나바 씨는 수수한 여자를 좋아하시나 보네요, 아마도.』

『그리고.』

『아직 남았어?! 잔소리가 너무 길잖아!』

『쫓아가는 사랑이 좋다고? 딱히 네가 누군가를 쫓아가는 것 자체는 부정하지 않겠지만 말이야, 쫓기는 사랑에도 성실해야지. 쫓아가는 쪽의 마음을 이해한다면 여자친구가 얼마나 용기를 내서 고백했는지 알 거 아냐. 신경 쓰이는 사람에게 대시도 못 하는 녀석이 쫓기는 사랑을 깔보지 말란 말이야. 우선 여자친구와 제대로 마주 봐라! 이상!』

『네, 끝났네요. 평소의 이나바 씨였어요. 뭐, 마지막 부분은 저도 이나바 씨와 마찬가지로 생각하지만요.』

『뭐? 네가 뭘 안다고?』

『이젠 나한테까지?! 이제 됐으니까 다음 메일로 넘어가자고요. 음, 라디오 네임…….』

◇

11년 전과 마찬가지로 매번 익숙한 독설 토크다.

평소에는 이걸 들으면서 깔깔대며 배꼽을 잡았겠지만……, 왠지 오늘 밤은 웃을 수가 없었다.

나는 이어폰을 빼고 새까만 천장을 바라보았다.

마치 내가 잔소리를 듣는 것 같았다.

쫓기는 사랑을 얕본다.

그럴 생각은 전혀 없다.

없었지만, 나는 무의식적으로 메일을 보낸 사람과 똑같은 짓을 했는지도 모르겠다.

오늘까지 계속 오구리가 고백하는 걸 피하려 하고 있었다.

그녀를 상처입히게 될 거라는 핑계를 대면서.

그녀가 어떤 마음으로, 얼마나 용기를 내서 내게 대시하고 있는 건지 이해하려고도 하지 않았다.

11년 전, 많은 사람들이 보고 있는 와중에 고백해줬을 때.

일부러 고등학교까지 와서 데이트를 하자고 말해줬을 때.

놀이공원에서 과장님이 있는데도 둘이서 관람차를 타고 싶다고 말해줬을 때.

그녀는 얼마나 용기를 쥐어 짜냈을까.

나는 쫓기는 사랑으로부터 도망치고 있었던 것이다.

그건 오구리의 진심에 대한 실례다.

나는 과장님을 좋아한다.

쫓아가는 사랑을 하고 있다.

그렇기 때문에 쫓아가는 사랑과 쫓기는 사랑을 대등하게, 그리고 제대로 마주 보아야 한다.

다시 한번 우시키 오구리와 제대로 마주 보자.

그리고 카미조 토우카와도 제대로 마주 보자.

도망치지 말고, 제대로 결론을 내리자.

마침 내 휴대폰에 메일이 왔다.

『이번 아마쿠사 미나미 고등학교 문화제에 갈게요, 시모노 선배.』

나는 그 메일에 제대로 답장을 보냈다.

그건 그렇고 만난 적도 없는 사람들에게서 전파를 통해 이런 걸 배우게 되다니.

심야 라디오에는 인생의 교훈이 가득 차 있는 것 같다.

카미조 토우카의 비공개 mixi 일기 　　　　　　【사회인 2년 차】

5월 5일 화요일

오늘은 시모노 군의 생일 당일.

에헤헤.

메일 보내버렸다(*'ω'*)

11시에 보냈는데 답장이 없길래 토라져서 잠들었는데

아침에 일어나 보니 메일이 와 있었어˚・☆ヽ(ºᐡᵕ̈ᵕºᐡ)ノ☆・˚반짝반짝

'감사합니다, 기뻐요'라네.

에헤헤.

저장해둬야지(*^^*)

제5장 ┃ 가을의 레플리카 공간과
          젊은이들의 문화제

Why is
my strict
boss
melted
by
me ?

10월 초.

문화제를 내일로 앞둔 아마쿠사 미나미 고등학교 건물 안에는
방과 후에 남아서 마지막 준비를 하는 학생들이 넘쳐나고 있었다.

1학년 7반도 모두가 교실에 남아있긴 하지만, 사전 준비는 거
의 끝났다.

나와 나오도 담당 구역인 입구 간판을 이미 완성시켰고, 쓰다
남은 나뭇조각 같은 것을 짐수레에 싣고 학교 뒤쪽 쓰레기장으
로 옮기고 있었다.

"아, 운이 좋네. 아무도 없어."

쓰레기장을 보고 나오가 말했다.

준비 기간 동안에는 쓰레기를 버리는 것도 고생이고, 타이밍
이 안 좋으면 쓰레기를 버리러 온 학생들이 줄을 서 있는 경우
가 있다. 하지만 역시 마지막 날이라 그런지 처리할 게 생긴 반
도 별로 없는 것 같았다. 쓰레기장에는 우리 말고는 아무도 없
이 텅 빈 상태였다.

"꽤 많네."

나는 쓰레기장 옆에 산더미처럼 쌓여있는 목재를 보고 그렇게
말했다. 이 정도 양이면 교무원 분이 힘드실 것 같다.

나와 나오는 쌓여있던 목재 위에 짐수레로 싣고 온 나뭇조각

을 하나하나 옮겼다.

"나나야, 그러고 보니까 놀이공원에 간 날 오후에 오구오구를 보고 실실거렸다면서? 과장님이 화났던데~."

"시, 실실거리진 않았어."

실실거리진 않았을 텐데.

"흐음~. 오구오구가 귀엽다고 해서 너무 들뜨면 안 된다~."

"아니, 내 말 듣긴 했어?"

이 소꿉친구는 툭하면 나를 악당으로 만들려고 한다니까.

나뭇조각을 전부 옮긴 다음, 우리는 교실로 돌아왔다.

교실 문을 열자마자 반장 여자애가 나를 향해 A4 용지 크기의 종이를 건넸다.

"자, 시모노, 내일 시간표야. 담당은 확실하게 부탁해."

"어? 입구 간판 만드는 걸 맡았으니까 당일에는 일을 안 해도 되는 거 아니었어?"

"3반 메이드 카페 퀄리티가 생각보다 좋다고 들었거든. 우리도 질 수는 없으니까 나오에게도 내일 메이드 역할을 맡기기로 했어."

"반장, 나는 딱히 상관없어~! 항상 아르바이트를 하면서 똑같은 일을 하고 있으니까!"

나오가 그렇게 대답했지만, 나는 납득할 수가 없었다.

"손님을 모으기 위해서 나오가 메이드를 한다는 건 이해가 돼. 같은 학교 남자들한테 은근 인기 있다는 소문도 들었고."

"냐하하~, 쑥스럽네요~. 역시 가슴 덕분일까요? 남자들은 속물이네~, 정말. 냐하하~."

"그런데 그거하고 나는 상관이 없잖아?"

내가 따지자 반장이 눈을 번뜩였다.

"무슨 소릴 하는 거야. 너하고 똑같은 조건으로 오늘까지 일을 해온 나오가 당일에 일을 한다는데, 너만 놀러 다니겠다는 소리야?"

"아니, 그건⋯⋯."

"너무 매정한 거 아니니?"

하긴, 나오는 나하고 같이 간판을 만들어놓고도 내일 일하는 거니까. 나 혼자 놀러 다니면 보기 안 좋지⋯⋯.

"아니, 아니, 일할 필요가 없는 나오에게 일을 억지로 떠넘기려고 하는 건 그쪽 사정 때문이잖아. 위험하네~, 하마터면 넘어갈 뻔했어."

"호오~, 시모노는 우리 7반이 3반 따위에게 져도 된다는 거구나~? 반에 대한 사랑이 없구나~?"

젠장, 그런 식으로 나오는구나. 어떻게 받아치지⋯⋯? 그렇게 생각하고 있자니 반장이 추가타를 가했다.

"나오는 반을 위해서, 모두를 위해서 흔쾌히 받아들여 줬는데, 시모노는 싫은 거구나~? 원 포 올 정신이 없구나~? 있지~! 애들아~! 시모노는 내일 일하기 싫⋯⋯."

"알았어, 알았다고! 일할게요! 열심히 일하겠습니다!"

"그래, 잘 부탁해~."

반장은 으스대는 듯한 표정으로 내게 말한 다음 콧노래를 흥얼거리며 원래 하던 일을 하러 돌아갔다.

왜 고등학생으로 돌아와서까지 휴일 출근 같은 짓을 해야만 하는 건데, 젠장.

"뭐~, 괜찮잖아, 나나야. 가슴 메이드를 바로 옆에서 볼 수 있으니 싸게 먹히는 거 아니야?"

"가슴 메이드가 대체 뭔데……."

애초에 나는 당일에 일정을 비워두고 싶어서 일부러 중노동인 간판 제작을 맡는다고 했던 건데.

11년 전에 과장님의 마녀 코스프레를 보지 못했던 이유는 놀라게 만드는 역할이 이미 교대된 뒤였기 때문이다. 과거의 나는 간판 제작이 아니라 그냥 당일 주방을 맡았었다. 이 두 가지를 고려하면 내 시간표와 과장님의 시간표가 겹쳤다는 것을 추측할 수 있다.

11년 전의 실수를 되풀이하지 않기 위해서 계획적으로 움직였던 건데……. 젠장!

타임 리프를 한 뒤에도 내 계획은 잘 풀리지 않는 것 같다.

◆

시간은 이미 19시가 되어가고 있다.

1학년 7반 학생들은 마무리 장식을 마치고 교실에서 각자 잡담을 하고 있었다.

다들 문화제 준비라는 청춘의 여운을 느끼고 싶은 건지 할 일이 없는데도 돌아가려는 사람은 아무도 없었다.

이런 기회도 거의 없으니까.

모두가 시끌시끌 떠드는 와중에 교실 문이 드르륵, 열리고 담임인 하야시 선생님이 고개를 내밀었다.

"시모노……하고 타도코로. 잠깐 와라."

이름이 불린 나는 오니키치와 서로 얼굴을 마주 본 다음 곧바로 복도로 나갔다.

"이예이, 이예이~, 나나찌, 뭔가 선생님에게 혼날만한 짓을 저질러버린 거야~?"

오니키치가 내 어깨에 팔을 두르며 몸을 들이댔다.

"아니, 너도 호출당한 거 알기나 해?"

"아하하~! 나나찌의 태클은 오장육부에 스며드네~."

"너희는 정말 사이가 좋구나……."

그런 우리를 보며 하야시 선생님이 약간 정색했다. 그리고 바로 말을 이었다.

"도와줬으면 하는 게 좀 있을 뿐이니까 안심해라."

하야시 선생님을 따라 교무실로 향했다.

선생님은 자기 자리로 가더니 의자 옆에 놓아두었던 골판지 상자 두 개를 손가락으로 가리켰다.

"부탁하고 싶은 건 이건데……."

"이게 뭐죠?"

나는 물어보면서 열려있던 골판지 상자 안을 들여다보았다.

"아, 이건……."

하야시 선생님이 입을 열자마자 뭔가 하얀 물체가 보였다.

"으아악! 파, 팔?!"

팔꿈치부터 손가락까지만 있는 사람 팔이 잡동사니 사이에 뒤섞인 채 골판지 상자 안에 들어있었다.

"나나찌, 무슨 일이야? 왜 소리를 지르는데? 오, 이건."

오니키치가 골판지 상자로 손을 뻗어 하얀 팔을 집어 들었다.

"히익!"

"아하하! 나나찌, 너무 겁먹었잖아. 자, 보라고."

오니키치가 팔을 내 앞으로 내밀며 말했다.

잘 살펴보니 만든 팔이었다.

"뭐, 뭐야, 가짜구나⋯⋯."

그런 내 모습을 보고 하야시 선생님이 웃으며 설명해 주었다.

"작년에 담임을 맡았던 반이 유령의 집을 했었거든. 그때 썼던 소품인데, 유령의 집은 해마다 하는 반이 있을 것 같아서 챙겨두었던 거다. 예상대로 올해도 2학년 2반이 유령의 집을 한다면서 빌려달라고 했는데 깜빡 잊고 가져다주지 못해서⋯⋯, 미안하다만 너희가 좀 가져다 으면 좋겠다."

"그러셨군요. 그런데 2학년 2반 학생을 불러서 가지고 가라고 하면 되지 않나요?"

"아니, 뭐, 그렇긴 한데⋯⋯, 2학년 2반은 카미조네 반이잖아?"

아, 그렇구나. 2학년 2반은 과장님네 반이다.

"그게 무슨 문제라도 있나요?"

"그 왜, 1학기 때 카미조가 매우 화를 냈으니까⋯⋯, 아마

169

나를 싫어할 것 같거든. 너희는 카미조하고 사이가 좋지?"

결국 과장님이 무섭다는 거구나.

교사가 왜 학생에게 겁을 먹는 거냐는 말을 하고 싶긴 하지만, 입장상 공감할 수밖에 없다. 어쩔 수 없지, 가져다줘야겠다.

"알겠습니다."

"헤이~, 헤이~, 곤란할 때는 서로 돕는 거지, 선생님!"

"오, 미안하다, 시모노, 타도코로! 덕분에 살았다."

"빚 하나 지신 거예요, 선생님."

"아하하, 다음에 음료수라도 사주마."

용돈이 부족한 고등학생에겐 음료수 하나도 은근히 기쁘다.

나는 타도코로와 골판지 상자를 하나씩 들고 교무실에서 나왔다.

2학년 2반으로 가기 위해 복도를 걸어갔다.

밤인데도 학교 건물에 학생들이 많이 남아있는 광경을 보니 왠지 정겨운 청춘의 향기가 느껴진다. 사원들이 사무실에 남아서 야근하는 광경과는 천지 차이다.

"그러고 보니까 나나찌, 토우카랑 놀이공원 데이트는 어땠어?"

2학년 교실이 있는 2층에 도착하자 오니키치가 문득 내게 물었다.

"응? 아, 뭐, 과장님 말고 다른 사람도 많았으니까 데이트 같은 건 아니었는데."

"이봐, 이봐, 듣자 하니 설마 대시를 안 한 거야? 슈퍼 찬스였는데."

"어? 역시 그럴 땐 억지로라도 대시를 했어야 하는 건가?"

"그야 당근이지! 그게 진짜 사랑이라는 거 아니야?"

진짜 사랑이라…….

억지로라도 단둘이 있기 위해 나를 데리러 왔던 오구리는 그만큼 진심이라는 뜻이다.

"그렇겠지…….'"

그럼 나는.

나는 어떤 마음을 먹고 있는 거냐, 시모노 나나야.

그런 슈퍼 찬스라는 걸 놓쳤는데도 괜찮은 거냐?

"아직 늦지 않았을까……. 오니키치."

"그래, 사랑에는 이르고 늦은 게 없어. 행동할지, 안 할지만 있는 거지. 나나찌."

"……오니키치, 부탁 좀 해도 될까?"

2학년 2반 교실 앞에 멈춰선 다음, 나는 오니키치에게 말했다.

"음료수 사라?"

"그래, 물론이지!"

골판지 상자를 발치에 내려놓고 오니키치에게 부탁한 다음, 나는 어떤 곳으로 향했다.

미처 못한 일은 타임 리프를 하지 않아도 다시 도전할 수 있으니까———.

◆

171

그로부터 한 시간 정도가 지났을까.

아무도 없는 어두운 옥상에서 나는 혼자 땀을 닦고 있었다.

"뭐, 이 정도면 되려나."

옥상에서 보이는 운동장에는 학교 건물의 빛이 반사되었고, 떠들썩한 목소리도 울려 퍼지고 있었다. 학생들이 아직 많이 남아있는 모양이다.

사회인이 된 이후로 한때나마 DIY에 빠졌던 시기가 있었다.

계기는 선반을 만들려고 했던 것이다.

라이트노벨, 만화책, 판형이 큰 만화책, 잡지, 블루레이 같은 것들을 전부 깔끔하게 정리할 수 있는 선반이 있었으면 좋겠다고 생각하고 인터넷으로 이것저것 알아보았지만 좀처럼 괜찮은 걸 찾을 수가 없었다. 그럼 내가 만들어볼까……라는 생각으로 생각했던 게 DIY였다.

의외로 재미있었기에 작은 선반이나 친가에 있는 테라스용 의자 같은 걸 만들었던 경험이 이번 간판을 만들 때도 매우 도움이 되었다.

그리고 설마 이런 형태로 내 별것 아닌 취미를 살리게 될 줄이야.

이제……, 그녀가 오는 걸 기다리기만 하면 된다.

때가 될 때까지 나는 옥상 철책에 몸을 기대고 거리의 조명을 바라보았다.

높은 곳에서 보는 야경은 어째서 이렇게 예쁘게 보이는 걸까.

데이트 명소로 야경이 보이는 레스토랑이 인기가 많은 것도 이해가 된다.

말은 그렇게 해도 나는 그런 어른스러운 데이트를 해본 적이 없지만.

그렇게 세세한 걸 챙기는 능력이 내게는 없으니까.

뭐, 그래도 사람은 다들 장단점이 있기 마련이다.

철컥————.

뒤쪽에서 문손잡이를 돌리는 소리가 들렸다.

나는 돌아섰다.

"고생 많으시네요, 과장님."

"학교에서 고생 많다고 하지 마."

"죄송합니다."

나는 머리를 긁으며 과장님에게 다가갔다.

"오니키치 군에게 이야기를 듣고 왔는데, 갑자기 무슨 일이야? 뭔가 의논할 게 있어?"

과장님은 의아하다는 듯이 나를 보았다.

"그게 말이죠……."

"혹시 진로 상담이야? 회사원 말고 다른 꿈을 발견해서 디 오텀 상사에 취직하지 않는 미래를 그리고 있는 거야?! 아니면 사실 빚을 져서 어떻게 해볼 수 없게 되었으니 도와달라는 거야?!"

"지, 진정하세요! 과장님! 열여섯 살이 어떻게 빚을 지는데요. 그리고 안타깝지만 지금까지는 11년 전과 마찬가지로 꿈 같은 것도 찾아내지 못한 시모노 나나야라고요."

"그래도……, 이런 옥상으로 불러내나 싶더니 심각한 표정을 짓고 있으니까."

"어? 제가 그런 표정을 짓고 있나요?"

"응."

심각……한 건 아니지만, 긴장한 게 표정에 드러나 버렸나?

"괜찮아요. 딱히 어두운 이야기를 하려는 건 아니니까. 걱정해주시다니, 과장님은 자상하시네요."

"뭐, 뭐어? 바보 아니야? 부하의 멘탈을 체크하는 건 관리직으로서 당연한 일이거든요? 이것도 업무의 일환이거든요?"

"아하하, 역시 대단하시네요. 과장님에게 보여드리고 싶은 게 좀 있어서요. 이쪽이에요."

나는 손짓하며 옥상 부속 건물 뒤쪽으로 과장님을 데리고 갔다.

그리고 좀 전까지 만들고 있던 물건을 보여주었다.

"우와. 크다. 이게 뭐야?!"

과장님이 어둠 속에서 눈을 가늘게 뜨며 그 물건을 빤히 보았다. 그리고 작은 목소리로 계속 말했다.

"혹시……, 곤돌라야?"

"네. 관람차를 타고 싶다고 하셨잖아요?"

"응……? 이거, 나나야 군이 만들었어?!"

"뭐, 쓰레기장에 버려져 있던 목재를 사용해서 즉석으로 만든 거라 레플리카라고 하기도 힘들 정도로 허술하지만요."

"대단해! 이런 재능이 있었구나! 깜짝 놀랐어!"

하지만 진짜로 목재를 써서 간단히 뼈대를 만든 다음, 겉에 베니어합판을 붙인 것뿐이다.

어둑어둑한 밤이라 실제 모습보다는 괜찮게 보일 것이다. 그거다. 선을 정리하기 전 러프화가 더 괜찮게 보이는 그 현상이다. 약간 다른가?

아무튼 기뻐하는 것 같아 다행이다.

"좌석 부분에는 골판지로 튼튼하게 만든 의자를 넣어두어서 앉을 수도 있어요. 혹시 괜찮으시면 같이 타보실래요?"

"응. 그럼 나나야 군 특제 관람차를 타보도록 할까?"

나는 뼈대 안으로 먼저 들어가 과장님이 앉을 의자에 손수건을 깔았다.

"앉으세요."

"고마워. 왠지 쑥스럽네."

"그러게요. 좀 쑥스럽긴 하네요."

과장님이 내 앞에 앉았다.

물론 베니어합판은 정면에만 붙여두었기에 바람이 그대로 들어와서 거의 실외나 마찬가지였지만, 그럭저럭 분위기는 있었다.

그래도 맞은편 자리가 너무 가까운 것 같기도 하고. 설계도도 없이 그냥 느낌으로 만들었으니 어쩔 수 없나?

"시간은 얼마나 걸렸어?"

"한 시간 정도 걸렸을 거예요. 기둥 길이 같은 건 신경 쓰지 않고 퍼즐 같은 느낌으로 조립한 것뿐이니까 시간이 그렇게 오래 걸리진 않았네요."

"아, 준비할 게 있다는 게 이거였구나. 의외로 재주가 좋네."

"의외라는 말은 안 하셔도 돼요, 과장님."

"에헤헤."

과장님은 혀를 내밀며 옆을 보았다.

"그러고 보니 과장님네 반은 유령의 집을 한다면서요."

"응, 나도 놀라게 하는 역할을 맡았어."

마녀 역할이다.

그런데 과장님이 마녀로 나가면 공포를 느낄 사람이 있긴 할까?
모에하기만 할 것 같은데.

"그럼 나도 가볼까~. 과장님, 몇 시쯤 맡으시나요?"

나는 뻔뻔하게 물어보았다. 서로 담당 시간표가 맞으려나.

"어~? 오게? 창피한데~."

"창피해할 만한 성격도 아니시면서."

"뭐? 방금 뭐라고 했어?"

"아뇨, 아무것도 아니에요."

그런 얼굴이 훨씬 더 마녀 같은데.

"나는 정오부터 15시까지야."

아, 역시 담당 시간이 겹쳤네. 오히려 내 담당 시간이 30분 정
도 길다. 이미 완전히 끝장났다.

"과장님의 마녀 모습을 보고 싶었는데."

"어?!"

"아, 아무것도 아니에요!"

"어떻게 내가 마녀 역할을 맡았다는 걸 알고 있는 거야."

이런. 11년 전부터 알고 있었다고 하면 스토커 같고 너무 기분
나쁠 텐데. 지금은 둘러대야겠다.

"소, 소문이 들려서요."

"······흐음~."

엄청나게 수상쩍어하는 것 같지만, 내가 언제 정보를 얻었는지는 알아낼 수가 없겠지.

"어찌 됐든, 저도 그 시간에는 반에서 일하고 있을 테니 보러 갈 수가 없네요."

"아, 그래."

다시 고개를 홱 돌리는 과장님. 행동 하나하나가 귀엽네.

"뭐, 유령의 집은 이제 질색이고요."

"놀이공원에서 꽤 무서워했었지, 나나야 군."

"과장님이 너무 무서워하지 않은 거라고요."

"무, 무서웠거든~."

안 되지, 안 돼. 이제 와서 그런 말을 해봤자 소용이 없다고요, 카미조 씨.

"그건 그렇고, 옥상인 데다 거리의 야경도 보이니 정말로 관람차를 타고 있는 것 같은 기분이네."

"과장님도 역시 남자랑 가는 거라면 야경을 내려다볼 수 있는 고층 레스토랑 같은 곳이 좋으신가요?"

"으음~, 실제로 거래처 사람이 가자고 해서 간 적도 있긴 한데······."

"네?!"

으아, 듣고 싶지 않았던 정보! 제 무덤을 팠네!

"그래도 별로 즐겁진 않았던 것 같아. 상대방에게 신경을 써야만 하고, 야경 같은 건 볼 여유도 없었고, 고급 프랑스 요리처럼 평소에 안 먹던 걸 먹어도 맛을 제대로 모르니까. 사무 쪽 과장님하고 같이 가서 먹는 라멘이 몇 배는 더 맛있어."

"그, 그렇죠! 맞아요, 맞아요! 이러쿵저러쿵해도 퇴근하면서 먹는 라멘이 제일 맛있죠!"

휴우……. 다행이다. 과장님은 어디까지나 일의 연장선상으로 식사하러 갔을 뿐인 것 같다. 그래, 분명히 그럴 거야.

"그리고, 야경을 보는 걸로 따지면 지금이 훨씬 더 즐거우……려나."

과장님이 아래쪽을 내려다보며 말했다.

그 시선 끝에 있는 그녀의 무릎이 좁은 레플리카 곤돌라 안에서 내 무릎과 부딪혔다.

두 사람 사이를 가로막고 있는 것은 검은색 타이츠와 회색 바지. 그 천 두 장뿐이다.

"그렇게 말씀해주시니 기쁘네요. 만든 보람이 있어요."

"……내가 관람차를 타고 싶다고 말했던 걸 신경 써준 거야?"

"아니……, 네, 뭐."

"고마워."

"벼, 별말씀을."

옥상에는 조명이 없기에 과장님의 얼굴이 제대로 보이지 않았다.

하지만 고개를 숙이면서도 이쪽을 보고 있는 눈만은 예쁘게 빛나고 있다.

"저기, 나나야 군. 왜 내가 관람차를 타고 싶었다고 말했는지 알아?"

"어……, 그건……."

그건.

오구리와 내가 단둘이서 관람차를 탄 것을 질투했기 때문에.

나를 신경 쓰고 있기 때문에.

그런 대답을 듣는 것을 기대해버리는 내가 있다.

"아, 미안, 미안. 이상한 질문을 해버렸네. 뭔가 심술궂은 상사처럼 물어봐서 싫지? 아, 아하하."

옆머리를 귀에 걸치고 초조해하며 말하는 과장님.

"난 어렸을 때부터 관람차를 타는 걸 정말 좋아했어. 저번에는 타이밍을 놓쳐서 못 탄 걸 불평하듯이 말해버렸는데, 나나야 군은 자상하니까 나를 위해서 서프라이즈를 해줬구나. 이 녀석~, 상사를 잘 챙기는 부하네~, 정말."

"아니에요."

"어?"

"제가, 과장님하고 관람차를 타고 싶어서 만든 거예요. 놀이공원에서는 타지 못했으니까, 후회되는 걸 다시 시작하고 싶어서."

"……왜, 왜 나랑 관람차를 타고 싶었던 건데?"

"그건 제가 과장님을———."

부웅~, 부웅~.

내 허벅지에서 휴대폰이 거세게 진동했다.

그 소리 때문에 심장이 튀어나올 정도로 놀란 나는 초조해하

179

며 바로 전화를 받았다.

『아, 나나야~? 어디 있어~? 왠지 모르겠는데 하야시 선생님
이 우리한테 음료수를 사다 줬으니까 얼른 교실로 오라고~!』

나오였다.

"그래, 알았어, 알았다고. 돌아갈게."

『그래~, 그리고 선생님이 음료수 다 먹으면 해산하래.』

"알았어. 고마워."

전화를 끊자 바로 메일이 왔다. 오니키치다.

『나나찌, 미안! 토우카하고 분위기 좋았을 텐데, 나오를 말리
지 못했어!』

딱히 오니키치가 사과할 일은 아닌데. 아니, 하야시 선생님은
우리뿐만 아니라 결국 반 친구들 것까지 음료수를 사줬구나.
뭐, 나는 중간에 오니키치에게 떠넘겨버렸으니 어차피 얻어먹
을 권리가 없지만.

"교실로 돌아갈 거야?"

"아, 네! 죄송합니다, 과장님!"

"아니, 나도 슬슬 우리 반으로 돌아가지 않으면 혼날지도 몰라."

"그렇겠네요. 이 곤돌라는 내일 아침에 정리할 테니 지금은
그냥 가시죠."

그렇게 말하며 일어난 내 오른손을 가녀리고 예쁜 과장님의
손이 붙잡았다.

"자, 잠깐만."

"네⋯⋯."

"모처럼 만든 거니까 사진 찍자. 내일 정리해버릴 거면 아까우니까."

"알겠습니다. 나도 내 폰으로 찍을까."

"응, 그러자!"

나는 다시 앉아서 방금 닫았던 휴대폰을 다시 열었다.

"과장님은 스마트폰이라 사진이 잘 나오겠네요. 그냥 그걸로 찍은 걸 나중에 보내주실래요?"

"그래. 나나야 군도 얼른 기종을 바꾸면 좋을 텐데."

"저는 안드로이드파라 좀 더 진화할 때까지 기다릴 거예요. 이 시대 안드로이드 기기는 좀 느리거든요."

"아, 그렇구나. 그럼 찍을게. 자, 좀 더 이쪽으로 붙어."

"네."

나와 과장님은 서로 몸을 기댔다.

볼에 과장님의 부드러운 머리카락이 스쳤다.

"간다, 자, 치즈~."

찰칵.

가을밤.

단둘이 있는 옥상에 셔터 소리가 조용히 울렸다.

"아하하, 과장님. 자, 치즈는 너무 구식 아닌가요?"

"뭐어? 그럼 뭐라고 하는데!"

"음……, 스마일~, 이라든가."

"왠지 젊은 척하려는 아저씨 같아서 싫어. 아니, 젊은 애들도 그렇게 안 찍잖아?"

"쌀쌀맞네! 애초에 우리는 타임 리프하기 전에도 20대였으니까 충분히 젊다고요!"

"어~? 그런가?"

"그래요!"

그렇게 평소처럼 상사와 부하의 만담이 시작되었다.

이러쿵저러쿵해도 나는 이런 시간이 정말 좋다.

"있지, 나나야 군. 사실 주고 싶은 게 있는데."

과장님이 갑자기 말했다.

"주고 싶은 거?"

과장님은 어둠 속에서 치마 주머니에 손을 넣었다.

"……이거."

그리고 자그마한 열쇠고리를 꺼냈다.

"아, 야마데 군…….."

"선물 가게에서 우시키 양이랑 나나야 군이 간 뒤에 혹시나 싶어서 사두었어. 받아줄래?"

"과장님……, 사실 저도."

나는 블레이저 안쪽 주머니에 계속 넣어두었던 야마데 군 열쇠고리를 꺼냈다.

"어?! 나나야 군, 그거."

"네…….. 저도 관람차를 탄 다음에 오구리에게 꼭 사고 싶은 게 있다고 하고 선물 가게로 돌아갔거든요. 드리기 껄끄러워서 결국 오늘까지 가지고 있었네요."

"아하…….., 아하하. 진짜~, 그게 뭐야~. 정말 쓸데없이 신경

쓴다니까."

"과장님이야말로요. 아하하."

우리는 서로 열쇠고리를 교환했다.

"아니, 똑같은 포즈를 골랐잖아."

"정말이네!"

우연히도 나와 과장님이 고른 야마데 군은 똑같이 인사를 하는 포즈였다. 회사원다운 선택이다.

"아~, 재미있다. 그럼 슬슬 갈까?"

과장님이 곤돌라에서 내렸다.

그리고 두 손을 뒤로 돌려 깍지를 끼고 폴짝 뛰며 이쪽으로 돌아섰다.

"나나야 군, 고마워."

달빛에 비친 그녀의 미소는 하늘에서 빛나는 어떤 별보다도 아름다웠다.

나는 그 미소를 보고 각오를 다졌다.

내일 문화제, 내 마음을 확실히 정리하자.

오구리와 제대로 마주 보고, 과장님과도 제대로 마주 보고.

그리고 나 자신과도 마주 보자.

그렇게 해서 생겨난 답을 솔직하게 상대방에게 전하자.

그렇게 결심했다.

내일은———, 시모노 나나야, 결의의 문화제다.

◆

다음 날 아침, 토요일.

평소보다 일찍 일어나 학교에 가기 위해 운동화를 신고 있자니 2층에서 잠옷 차림으로 내려온 코후유가 현관에 고개를 내밀었다. 물론 코후유네 중학교는 휴일이다.

"오빠, 좋은 아침."

"좋은 아침, 코후유."

"오늘 낮쯤에 오빠네 문화제 갈게. 스승님하고 같이."

스승님이 누군데. 모르겠네. 같이 아는 지인이 아닌 사람의 별명을 마치 알고 있는 게 당연하다는 듯이 말하지 말라고. 나중에 커뮤니케이션할 때 고생한다?

물론 잔소리를 하다가 여동생에게 미움을 사는 건 싫었기에 나는.

"그래, 군것질 너무 많이 하지 말고."

그렇게 자상하게 대답하고 집을 나섰다.

여동생을 잘 챙겨주는 오빠로군.

학교에 도착해보니 학생들은 아직 그렇게 많지 않았다.

사람들이 오기 전에 옥상에 있는 곤돌라를 정리하기 위해 서둘러 실내화로 갈아신었다.

짐만 두고 갈까……. 그렇게 생각하고 먼저 교실로 향했다.

여자애들 몇 명이 먼저 와 있었고, 입구 앞에서 뭔가 떠드는 중이었다.

그 애들 사이에 있던 나오가 나를 보고 소리쳤다.

"앗, 나나야 왔다!"

"좋은 아침, 무슨 일이야?"

나오 대신 다른 여자애가 대답했다.

"시모노, 미안해. 의상 케이스를 교실로 들이다가 부딪혀 버려서……."

그녀는 눈으로 내 시선을 유도했다.

그쪽을 보니 입구의 간판 일부가 자전거로 친 것처럼 부러져 있었다.

"미안!"

여자애가 고개를 크게 숙이는 모습을 보고 나는 초조해하며 말했다.

"아니, 아니. 그렇게 심각한 건 아니야. 이 정도는 금방 고칠 수 있으니까."

"정말로?!"

"응, 간단히 보수할 수 있어. 나오, 도구 상자가 어디 있더라?"

"아~, 가지고 올게!"

나오가 교실 안으로 들어갔다.

여자애는 여전히 껄끄러워하고 있었지만, 딱히 그녀를 배려해서 허세를 부린 것이 아니라 정말로 이 정도 보수는 1~20분 정도면 끝낼 수 있다.

뭐, 옥상에 갈 시간이 없어지긴 하지만……, 문화제 기간 동안 그런 곳에 갈 학생은 없을 테니까. 개회식이 끝나고 점심시간에라도 정리하러 가면 된다.

잠시 후 나오가 가지고 온 도구 상자를 받아든 나는 간판 보수 작업을 시작했다.

왠지 이번 문화제 때는 계속 목수 같은 일만 하네.

그런 생각을 하면서 다가올 미래를 예측하지 못한 나는 느긋하게 개회식이 시작되기를 기다리고 있었다.

◆

개회식이 끝나고 각 반과 동아리의 활동으로 활기가 넘치기 시작한 아마쿠사 미나미 고등학교.

나는 사람들을 헤치며 옥상으로 이어지는 계단을 올라가고 있었다.

한층 한층 올라갈 때마다 위화감이 들었다.

뭔가 사람이 많은데.

학교 건물 위층에는 도서실이나 시청각실 같은 특수 교실밖에 없다. 문화제 때 그곳을 이용하는 부도 있긴 하지만, 그래도 주요 활동은 1층부터 3층까지 각 반에서 주최하는 것들이다.

보통은 계단을 올라가면 올라갈수록 사람들이 줄어들 텐데.

오히려 늘어나는 것 같은데?

아무튼 그대로 계단을 뛰어 올라가 옥상의 문을 열어보니……

"으엑, 이게 뭐야."

옥상에 사람들이 잔뜩 모여 있었다.

아마쿠사 고등학교 학생들은 물론이고 일반 손님들도 많이 있었다. 왠지 남녀 페어가 많은 것 같다.

사람들이 있는 쪽에서 이런 이야기가 들렸다.

"저 관람차에 타서 사진을 찍은 커플은 결혼할 수 있대."

"뭐야 그게~, 재미있을 것 같아! 우리도 찍자."

뭐?!

곧바로 옥상 부속 건물을 빙 돌아가 뒤쪽을 보았다.

어제 만든 즉석 곤돌라에 사람들이 길게 줄을 서 있었다.

커플은 물론이고 여자들끼리 서 있기도 했다.

이 시대에 인스타그램은 아직 없지만, 이른바 인스타 명소처럼 되어버렸잖아.

게다가 원래 있던 연애 성취 소문이 이쪽으로 모조리 옮겨졌다.

이러면 정리할 수도 없는데…….

응? 아니, 딱히 정리할 필요도 없는 건가?

일종의 문화제 콘텐츠처럼 되어서 인기를 끌고 있는데 일부러 해체할 필요는 없다.

이렇게 사람들이 많이 모였으니 문화제 실행위원도 한 번 정도는 보러 왔을 테고, 그런 상황에서 방치해 두고 있으니 묵인하고 있다는 뜻이다.

그래도 문화제가 끝나면 확실하게 책임을 지고 정리할 생각이지만, 지금 당장 할 필요는 없을 것 같다.

그런데 관람차를 타고 사진을 찍으면……, 말이지.

그럼 어제도…….

"아, 오빠. 뭘 그렇게 혼자 싱글거리고 있어."

"으엇! 뭐야, 누구야, 코후유구나!"

정신을 차리고 보니 코후유가 사복 차림으로 내 앞에 서 있었다. 그러고 보니 낮쯤에 온다고 했었지.

그런데 왜 이런 곳에 온 거지? 관람차에 타고 같이 사진을 찍을 만한 사람은 없을 텐데. 없는 거 맞지?

"코후유도 저 관람차를 타러 왔어."

있는 거야?!

"누, 누, 누구하고! 오빠는 그런 상대가 있다는 말을 못 들었는데!"

"스승님이야."

또 나왔네! 스승님, 너, 코후유의 남자친구였냐! 아니, 그래서 스승님이 누군데!

"안 그래~? 스승님!"

코후유가 그렇게 말하며 뒤에 숨어 있던 사람과 팔짱을 꼈다.

"자, 잠깐만, 코후유. 스승님이라고 부르지 말라고 몇 번이나 말했잖아."

응……?

"오구리?!"

코후유 옆에는 키가 비슷하고 어린 느낌이 드는 소녀가 한 명 있었다. 감색 원피스에 하얀색 플랫 캡이 정말 잘 어울렸다.

우시키 오구리다.

"아, 안녕하세요. 시모노 선배."

"왜 오구리가 여기 있는 거야?!"

"어라? 문화제에 간다고 메일을 보냈잖아요. 답장도 제대로 받았는데요."

그렇긴 한데.

그렇긴 한데, 오구리가 오는 건 17시에 고백하기 전. 저녁쯤 이다. 이렇게 일찍 오다니, 내 기억으로는 그러지 않았는데. 그리고.

"오구리, 코후유하고 친구야?"

"치, 친구라고 해야 하나."

그때 코후유가 끼어들었다.

"스승님은 친구가 아니라 코후유의 스승님이야!"

스승님이란 게 오구리였냐!

"후후후~, 스승님하고 관람차를 탈 거야~. 그리고~, 같이 사진 찍을 거야~."

모든 사람들에게 S 같은 모습으로 공격적인 태도를 보여온 코후유가 녹아내릴 듯한 표정으로 귀여운 목소리를 내며 오구리에게 몸을 기대고 있다. 엄청나게 응석을 부리고 있다. 뭐, 원래 역사에서는 이게 코후유의 진짜 모습이긴 했는데. 이런 코후유를 보는 게 11년 만이라 매우 동요했다.

"코후유, 저건 커플 같은 사람들이 타는 거래."

"코후유랑 스승님은 커플 같은 거나 마찬가지잖아!"

"에에……."

오구리가 엄청나게 곤란해하고 있다.

"코후유는 스승님이랑 관람차에서 사진을 찍고 결혼할 거니까~."

그리고 오구리를 너무 좋아하네, 우리 여동생!

"자, 스승님, 가자! 그럼 나중에 오빠네 반에도 갈게! 다른 암 돼지하고 사이좋게 지내면 용서하지 않을 거야!"

평소의 코후유다!

코후유는 그렇게 말한 다음 안절부절못하고 있던 오구리의 팔을 잡아당기며 곤돌라 앞에 서 있는 줄을 향해 뛰어갔다.

오구리네 중학교는 니시 중학교니까 코후유네 학교가 아닐 테고, 학년도 다를 텐데. 어떻게 사이좋게 지내는 거지? 신기한 콤비다.

나는 그녀들의 뒷모습을 보다가 할 일이 없어졌기에 그대로 옥상을 떠났다.

그건 그렇고 오구리가 이미 와 있다면 나도 그때를 대비해서 각오를 다져야만 하겠는데.

그런 생각을 하며 1학년 7반 교실로 향했다.

◆

"어서 오세요, 주인님~!"

오후로 들어서자 문화제는 더욱 활기 넘치는 모습을 보이게 되었다.

1학년 7반 교실도 시끌벅적했고, 그 중심에 있는 건 역시 이여자애다.

"네네~, 남자들, 너무 내 가슴만 보지 마라~. 다 들켰으니까~."

나카츠가와 나오다.

"이예이~, 이예이~, 나오 인기가 정말 대단하구나."

나와 오니키치는 주방으로 만들어놓은 칸막이 커튼 뒤에서 주문을 받은 케이크를 접시에 담으며 몰래 홀의 상황을 보았다.

"역시 거유 메이드."

어깨에 포셰트를 걸쳐서 약삭빠르게 파이슬래시까지 만들어냈고.

"그래도 오전에 보니 3반 쪽도 줄을 꽤 섰던데."

"그치, 3반은 여자애들뿐만이 아니라 잘생긴 남자가 집사까지 하는 것 같으니까. 남녀 모두 즐길 수 있다는 게 강점이지."

뭐, 딱히 다른 반에게 매출이 뒤처진다 하더라도 콘테스트를 하는 것도 아니니 상관없다.

하지만 그러지 못하는 사람이 우리 반에 있었다.

"키이익~! 이대로 가다간 3반에게 져버리잖아!"

키이익이라는 말을 하는 녀석이 진짜로 있었네. 처음 봤다.

"반장, 왜 그렇게 3반에게 지기 싫어하는 거야?"

3반에 악연으로 엮인 라이벌이라도 있나?

"당연하지! 나는 뭐든지 1등이어야만 성이 차니까!"

지기 싫어하는 범위가 생각보다 넓은 것뿐이었네!

"톱을 노리는 건 인생에서 필요한 일이라고! 히어 위!"

"맞아! 타도코로! 너, 말이 잘 통하는 남자구나!"

"그 정도까진 맞지! 이예아!"

뭐야, 이 두 사람, 의외로 마음이 잘 맞는 거 같은데? 그리고 이예아는 뭔데. 오니키치어의 레퍼토리가 늘어난 것 같다.

그런 와중에 나오가 커튼을 제치고 고개를 내밀었다.

"나나야~, 코후유 왔어~. 그리고 오구오구도."

"응, 아, 그런데 나는 이쪽 일이."

"괜찮아, 나나찌. 내가 해둘 테니 다녀와."

"그래? 고마워, 오니키치."

나는 홀 쪽으로 나왔다.

"아, 오빠! 코후유는 오렌지 주스!"

오구리의 손을 잡아당기며 재빨리 자리에 앉은 코후유.

"주문은 메이드분이 받으러 갈 테니까 기다리고 있어. 너, 메이드 카페 컨셉을 알기나 해?"

"응~? 그래봤자 아줌마들밖에 없잖아~. 메이드가 아줌마랑 비슷한 뜻이야?"

교실에 있던 모든 메이드(다시 말해 같은 반 친구들)가 눈을 번뜩이며 코후유를 보았다. 으으. 다들 미안해. 우리 여동생, 아니, 여왕님이 실례를 저질러서.

"코, 코후유, 아줌마는 좀……."

"스승님, 그래도 맞는 말이잖아? 스승님처럼 탱탱하고 젊은 사람이 메이드에 더 어울려~."

코후유는 그렇게 말하며 오구리의 팔에 볼을 비벼댔다. 얼마나 잘 따르는 거야. 오히려 이렇게 제멋대로 구는 여왕님을 길들인 오구리가 대단하네.

"그거다아~~!!"

갑자기 주방에서 나타난 반장이 교실 전체에 울려 퍼질 정도로 크게 소리쳤다.

왜 그래, 왜 그래.

"무언가가 부족하다 싶었거든. 그래, 3반에도 없는 역전의 수단! 로리야!"

다시 한번 말하지.

왜 그래, 왜 그래.

"거기 중학생들?! 메이드를 해보지 않을래?!"

"뭐어?!"

코후유가 신기하게도 큰 목소리를 내며 놀란 표정을 보였다.

"그래, 해주겠다는 거구나! 고마워! 덕분에 살았어! 그럼 예비 메이드복이 있으니까 뒤쪽으로 와!"

"아니, 잠깐만! 코후유는 한다고 안 했는데!"

"저, 저기, 저도 갑자기 그러시면 곤란해요!"

물론 오구리도 거부하겠다는 의사를 보였다.

"그래! 그래! 강한 부정은 강한 긍정이지. 자, 이쪽이야!"

이 사람 진짜 대단하네! 말이 전혀 안 통해!

그런데 주위에 있던 손님들도.

"오오……."

그렇게 작은 목소리를 내며 뭔가 박수를 치기 시작했다.

울리기 시작한 박수 소리는 멈추지 않고, 점점 커져만 갔다.

다른 메이드들은 아줌마라는 이야기를 들은 게 마음에 들지 않았는지 폭주하는 반장을 보고도 못 본 척했다.

크음, 말릴 사람은 나밖에 없는 건가?

"잠깐만, 반장. 아무리 그래도 우리 학교 사람도 아닌 일반인을 일하게 하는 건……."

"이 애, 시모노네 여동생이지?"

"응, 뭐, 그렇긴 한데."

"오케이~!"

"오케이는 무슨! 어디에 승낙하는 요소가 있었냐고!"

그러자 처음부터 끝까지 지켜보고 있던 나오가 내 어깨를 두드렸다.

"자자, 나나야. 이것도 우리 반을 위해서 하는 거야. 두 사람에게는 미안하지만 좀 도와줘야겠어."

냉정한 목소리였다.

"나오까지……, 아니. 넌 개인적으로 두 사람의 메이드복 차림을 보고 싶을 뿐이잖아!"

"어? 그렇지 않은데~."

"침 흘리고 있으면서!"

"안 흘렸어~, 코후유와 오구오구의 메이드복 차림, 츄르릅."

"츄르릅이라고 했어! 분명히 소리 내서 말했어! 아니, 그 애들은?"

나오를 신경 쓰다가 정신을 차리고 보니 반장도 사라졌다.

"아차!"

곧장 탈의실로 마련해둔 공간의 커튼을 제치려 했지만.

"어이쿠, 나나야. 설마 여중생이 옷을 갈아입는 걸 훔쳐보려는 거야? 소꿉친구의 가슴만으로는 부족했어?"

"소꿉친구의 가슴도 본 적이 없다고!"

커튼 너머에서는 어린 소녀들의 비명이 울려 퍼졌다. 중학생들이 이미 옷을 갈아입기 시작한 모양이었다.

"으~, 나중에 코후유에게 혼나는 건 나라고요."

나는 이미 늦었다는 사실을 깨달았다.

시끄러워진 교실, 잠시 후 반장이 고개를 내밀었다.

"후후후, 남자들, 미리 코에 휴지를 채워둬라. 3반은 이제 패배를 맛보게 되었으니까."

뭔가, 진짜, 왜 얘가 반장인 거지?

"짜잔~!"

반장이 커튼을 제쳤다. 토라진 코후유와 부끄러워하는 오구리가 메이드복을 입은 채 모두의 앞에 모습을 드러냈다.

두 사람은 얼굴을 붉힌 채 머뭇거리며 고개를 숙였다.

포니테일에 하얀 타이츠를 입은 코후유.

보브컷에 니 삭스로 절대영역을 보이는 오구리.

"이, 이건……."

나는 무심코 모에를 느껴버렸다.

교실에 있던 모든 남자들이 소리쳤다.

"우오오~! 모에~!"

엄청난 인기다. 이 로리콘 놈들! 무슨 심정인지는 알겠지만!

고개를 숙인 두 사람의 어깨를 반장이 부드럽게 두드렸다.

"자, 둘 다 그 말을 해야지."

이제 약삭빠른 연예사무소 프로듀서처럼 보인다!

코후유와 오구리는 쑥스러운 듯이 서로 마주 보고는 작은 입을 열었다.

""어, 어서 오세요, 주인님~.""

"우오오오오오오오오오오오오오오오오!!"

"태어나길 잘했어어어어!!"

"최고다아아아아아!!!"

열기가 복도까지 새어나갈 듯 가득 찼다.

"잠깐, 아줌마. 다음에 진짜 가지고 싶었던 브랜드 셔츠 사줄거지!"

"물론이지, 코후유."

완전 매수당했잖아!

"오구리도 뭐든 좋아하는 걸 사줄게. 너희가 번 돈으로."

악 오브 악! 마치 조커다! 그리고 문화제 때 번 돈을 개인적으로 쓸 수 있을 리가 없잖아!

"저, 저는 사양할게요."

그런 와중에도 오구리만큼은 순수해!

두 사람의 메이드복 차림을 보고 만족한 건지 나오도 활짝 웃

으며 고개를 끄덕이고 있다. 이쪽도 나름대로 타입이 다른 프로 듀서 같네.

다들 로리 메이드 콤비를 지긋이 바라보는 단계로 넘어가서 떠들썩하던 목소리가 가라앉기 시작했다고 생각한 순간, 뭔가 입구 쪽에서 또다시 남자들이 깜짝 놀라는 목소리를 내는 게 들렸다.

"야, 야, 오늘 무슨 날이냐?" "뇌의 처리가 따라잡지 못하고 있는데."

웅성대는 목소리를 듣고 나는 그쪽으로 눈을 돌렸다.

어떤 여자 한 명이 교실 문을 지나서 들어와 있었다.

"어른 한 명……이 아니라 학생 한 명이요."

접수처에 있던 남자애도 입을 떡 벌린 채 그 손님에게 넋이 나가 있었다.

"앗, 과장님~! 어서 오세요~!"

가장 먼저 반응을 보인 나오가 손님에게 뛰어갔다.

"안녕, 나오."

"그 옷은 뭐야! 귀여워~!"

"우리 반에서 입은 옷인데, 갈아입는 게 귀찮아서 그냥 와버 렸어."

마녀다.

이 세상에서 가장 아름다운 마녀가 있어!

마녀 차림인 카미조 토우카가 우리 메이드 카페에 온 것이다.

나는 태연한 척하면서 나오를 따라가 과장님에게 말을 걸었다.

"어서 오세요."

"어머, 나나야 군. 안녕."

"저기, 과장님, 그 옷은?"

내가 그렇게 묻자 과장님은 약간 붉게 물든 얼굴을 내 귓가에 댔다.

"어제 보고 싶다고 하길래. ……트, 특별히 보여주는 거야."

우오오오오오오옷!

신이시여, 감사합니다!!

나는 이 순간을 위해 타임 리프를 한 거야!!

마녀 모자에 감색 로브.

마녀라기보다는 마법 학교의 학생 같지만, 그래서 한층 더 귀엽다.

다른 사람들보다 머리가 좀 작아서 마녀 모자가 헐렁한 것도 귀여워!

그런 과장님이 교실 안을 보고 나서 내 팔을 세게 잡았다. 아프다. 가위에 눌렸을 때 나타나는 원령처럼 힘이 센데!

"있지, 저거, 나나야 군, 저거! 코, 코후유지!"

"아, 네, 마침 가게를 돕게 되어서……. 과, 과장님. 아파요."

"귀여워! 귀여워, 귀여워! 있지, 저 애한테 케이크하고 주스 사줘!"

유흥업소가 아니라고, 그런 시스템은 없단 말이야.

"기념사진은?! 기념사진은 찍을 수 있지?!"

그건 메이드 카페의 시스템이 맞지만, 우리 가게에선 안 해요.

과장님이 온 걸 눈치챈 코후유가 이쪽을 보았다.

"시끄러워! 당신, 항상 보던 아줌마 아니야! 으음, 과장님이라던 아줌마!"

"나나야 군! 들었어?! 방금 코후유가 나를 과장님이라고! 과장님이라고 불렀어!"

진짜, 이 사람은 언제부터 이렇게 코후유에게 푹 빠진 거야. 여름쯤부터 그런 모습이 약간 보이긴 했는데.

"기분 나쁜 아줌마네! 오빠에게서 떨어지라고, 이 암퇘지 과장!"

"하으윽!"

반응이 저번에 우리 집에 왔던 코후유의 친구랑 비슷한데?

"스승님도 뭐라고 말 좀 해줘!"

"코후유, 그러면 안 돼. 연상에게 그런 말을 하면……."

오구리는 코후유 옆에서 여전히 안절부절못하고 있었다. 아니, 오구리가 그런 여왕님 같은 말을 할 리가 없잖아. 애초에 저 애는 그런 장르조차 모를 거라고, 아마도.

"역시 스승님. 자비심이 넘치네."

어떻게 해석해야 그런 말로 이어지는 건데.

"어머, 우시키 양이잖아."

과장님은 오구리가 있다는 걸 그제야 눈치챈 모양이었다.

"안녕하세요, 카미조 선배."

"안녕. ……흐음……, 이쪽도 꽤 괜찮네. 응, 응."

"너, 너무 그렇게 보지 말아주세요, 카미조 선배. 부끄러워요."

치맛자락을 누르며 고개를 숙이는 오구리를 보고 과장님이 싱글거리고 있다. 뭐, 부끄러워하는 오구리도 귀엽긴 하지만.

"이봐! 변태 암퇘지 과장! 스승님에게 손대지 마! 당신은 코후유의 발만으로도 충분해! 자, 핥으라고! 변태!"

코후유가 하얀 타이츠에 감싸인 발끝을 과장님 앞으로 내밀었다.

"그만해! 코후유!"

"괜찮아, 나나야 군. 이게 코후유의 매력이잖아."

"과장님, 왠지 점점 캐릭터가 무너지고 있는데요."

"응……, 나는 연하 여자애에게 약했던 것 같아. 지금까지 쌓아왔던 반동이겠지."

"냉정하게 자기 분석하지 마시고요."

"그런 건 됐고, 기념사진은 찍을 수 있지?"

"끈질기네!"

하지만 정신을 차리고 보니 그 소원이 전염된 모양이라.

"나도 기념사진 찍고 싶은데." "좋지, 기념사진." "진짜 메이드 카페에는 그런 서비스도 있지?"

손님으로 와 있던 남자들도 그렇게 말하기 시작했다.

이건 수습이 안 될 것 같은데.

나는 반장을 힐끔 보았다.

"후후후."

아, 반대다.

수습이 되겠네, 아마도.

"좋네, 기념사진! 하자!"

역시나.

"반장, 갑자기 기념사진을 찍겠다고 해도 카메라가 없으면 안 되잖아."

"아, 그렇긴 하네."

"어라, 반장, 의외로 바보야?"

"누가 바보야! 시모노! 사진기가 없으면 휴대폰 카메라로 찍으면 되지!"

"아니, 아니, 아니……. 아, 괜찮으려나."

아이돌 악수회 같은 행사에도 손님의 휴대폰으로 투샷을 찍거나 단독샷 동영상을 찍는 특전 같은 게 있다고 하니까. 방금 한 말은 취소다. 위원장은 바보가 아니야. 수전노지.

"자, 자~! 그럼 메이드하고 사진을 찍고 싶으신 분은 말씀하세요~. 누구하고 찍고 싶은지, 몇 장을 찍고 싶은지, 사진은 자기 휴대폰으로 찍고, 한 장에 1000엔부터~."

1000엔?! 바가지 아니야?!

"1000엔이라, 의외로 싸네." "1000엔이면 아무것도 아니지." "꼭 찍어야겠다."

아니, 괜찮은 가격인가 본데! 어? 그래? 시가를 모르겠어!

"이 중학생 콤비는 프리미엄이 붙었으니까 한 장에 1500엔. 둘이서 같이 찍을 경우에는 2000엔이라 더 이익이야~."

이번엔 진짜 바가지잖아! 그렇지? 얘들아?!

"진짜로? 싸네!" "우와~, 프리미엄으로 해야지~!" "1000엔만 더 내도 저 콤비랑 사진을 찍을 수 있는 거야? 고민되네~!”

실화냐? 장사 참 쉽네! 아키하바라에 메이드 카페가 잔뜩 생길 만도 하겠어!

내가 끙끙대고 있자니 옆에서 과장님이 지갑을 확인하기 시작했다. 설마…….

“과장님, 코후유랑 사진 찍으시게요? 1500엔이라고요, 1500엔. 규동을 몇 그릇이나 먹을 수 있는데요.”

“그러게. 음, 가지고 있는 돈이…….”

“그냥 듣지도 않네!”

“아, 다행이다. 만 엔짜리가 있어. 음, 코후유하고, 우시키 양하고, 콤비하고, 나오하고……, 6000엔이구나. 응, 충분해.”

“응, 충분해는 무슨! 그런 걸 낭비라고 하는 거라고요!”

“아! 벌써 줄이 생겼네! 나나야 군, 그럼 줄 서서 찍고 올게.”

과장님은 실례할게요, 라는 목소리가 들리는 듯한 늠름한 표정으로 교실 안쪽에 생겨난 긴 줄 뒤쪽으로 갔다.

메이드와 사진을 찍기 위해서 줄을 서는 마녀가 어디 있는데.

하지만 그 덕분인지……, 메이드와 사진을 찍는 서비스뿐만 아니라 줄을 서느라 오랫동안 매우 귀여운 마녀가 머무르게 된 우리 반은 아마쿠사 미나미 고등학교 역사상 가장 큰 매출을 올리게 되었다.

그런데 그 전에……, 줄을 서려던 과장님이 이쪽으로 돌아왔다.

“나나야 군……, 나중에 잠깐 볼 수 있을까?”

“왜 그러세요?”

"하고 싶은 이야기가 있어서……, 17시까지 건물 입구에 있는 은행나무 아래로 와."

"……알겠습니다."

과장님은 내 눈을 보지도 않고 다시 줄을 서러 돌아갔다.

17시…….

은행나무 아래…….

이건 설마.

그런 생각을 하다가 정신을 차리고 보니 교대 시간이 된 것 같았다.

◆

나는 운동장으로 이어지는 돌계단에 앉아서 축구부가 주최한 킥 타깃을 관전하며 혼자 시간을 보내고 있었다.

지금 게임에 도전하고 있는 사람은 키와 덩치가 크고 운동도 잘할 것 같은 2학년이다. 아마 농구부의 에이스였을 텐데.

그 옆에서는 농구부의 매니저가 필사적으로 그 2학년을 응원하고 있었다.

저 두 사람, 사귀는 건가?

표적을 맞출 때마다 하이파이브를 하는 두 사람을 보며 나는 왠지 오구리의 얼굴을 떠올리고 있었다.

어라? 왜지?

어째서 과장님이 아니라 오구리가 떠오른 걸까.

아, 그렇구나. 저기 있는 농구부 매니저는 나와 마찬가지로 1학년이다.

에이스인 2학년에게는 후배다.

그래서 연하인 오구리를 떠올려버린 것 같다.

11년 전 오늘, 나는 은행나무 아래에서 오구리에게 고백받았다.

아마 그 역사는 바뀌지 않을 것이다.

하지만 나는 그 마음으로부터 도망치지 않기로 결심했다. 제대로 마주 볼 것이다. 그리고 과장님하고도…….

"앗……."

큰일이다. 이러면 더블 부킹이 되어버릴 텐데.

과장님이 어떤 이야기를 하려는 건지는 모르겠지만, 만나기로 한 시간은 17시.

오구리가 만나자고 할 시간도 17시.

하지만 엄밀하게는 오구리가 아직 말하지 않았고, 은행나무의 소문은 내가 옥상에 만든 곤돌라로 옮겨가 버렸다.

일이 이렇게 되었는데 오구리는 어떻게 움직일까. 알 수 없는 미래는 불안한 법이다.

"여어~, 나나찌~!"

뒤에서 식욕을 부추기는 소스 향기와 함께 오니키치가 모습을 드러냈다.

"아, 오니키치. 교대했어?"

"이예스~! 먹을래?"

오니키치는 내 옆에 앉아 타코야키가 든 팩을 눈앞에 내밀었다.

"오, 미안한데."

"괜찮아, 괜찮아! 잔뜩 먹고 크라고!"

"그럼, 사양하지 않고 먹을게."

여덟 개 중에서 하나를 집어서 입에 넣었다. 응, 맛있다. 입안이 단숨에 소스와 파래 맛으로 가득 찼다.

"혼자서 멍하니 있던데, 왜 그래? 고민 있어?"

"아니, 고민이라기보다는 마음의 정리를 하고 있었다고 해야 하나."

"그거지? 문화제 파워로 토우카에게 고백할 생각이지~? 나나찌, 꽤 하는데~, 히어 위!"

"으음~, 그 전 단계려나. 과장님에 대한 마음에 솔직해질 생각이긴 한데, 그러기 전에 정리해두고 싶은 게 있거든."

"오오……, 드디어 나나찌가 긍정적인 말을……. 평소에는 그런 게 아니야! 라면서 츤데레찌인데."

츤데레찌라고 하면 내 이름이 흔적도 안 남잖아.

"뭐, 오니키치 네 말대로 이번 문화제 때는 츤데레찌를 그만둘까 싶거든. 아직 과장님에게 어울리는 남자가 되진 못했겠지만, 그럴 생각이 있다는 건 확실하게 전해야 하겠다 싶어서."

"히어 위 맥스 하트 캐치라고, 나나찌!"

뭐? 그게 무슨 뜻이야? 프리큐어 얘긴가?

"하지만 지금 나는 100퍼센트 자신감을 가지고 그 사실을 과장님에게 말할 수 있는 상태가 아니야."

100퍼센트로 만들기 위해서는 오구리의 마음에 매듭을 지어야만 한다.

어째서 그렇게까지 오구리에게 얽매이는 걸까.

그 이유는 오구리가 나를 좋아한다고 말해준 첫 번째 사람이기 때문이다.

그리고 내가 관람차에서 그녀의 진심을 듣고 마음이 분명 흔들려버렸기 때문이다.

이렇게 어정쩡한 상태로 과장님을 좋아한다는 말을 할 수는 없다.

"따로 신경 쓰이는 사람이라도 생겼어?"

오니키치가 내게 물었다. 매번 예리한 질문을 던지네.

"그런 건 아니야. 내가 좋아하는 건 과장님뿐이라고. 그런데 나를 좋아한다고 말해준 사람이 있고, 만약 내가 과장님을 만나지 않았다면 난 그 사람을 좋아하게 되었을지도 몰라. 그러니까 그 애하고 제대로 마주 본 다음에 과장님을 좋아하는 내 마음이 정말로 확실한 건지 확인하고 싶어서."

"이봐, 이봐~, 그런 이야기는 처음 들었는데~. 내가 모르는 나나찌가 있다니, 오니는 쓸쓸해."

우는 시늉을 하는 오니키치. 눈물은 한 방울도 안 나오면서.

"최근에 갑자기 생긴 일이라 나 자신도 진정이 안 되어서 말이지."

"그러니까 나나찌는 상황에 따라서는 그 애하고 사귈 수도 있다는 거구나."

"아니, 야, 내 이야기를 듣긴 했어?"

"토우카에 대한 자기 마음을 확인하고 싶다는 건 그런 뜻이지. 적어도 그 애가 매력적이라고 생각하는 거고."

"어? 그런가? 매력적……인 것 같긴 한데, 아마 그건 그 애가 나를 좋아해주기 때문이고, 그러니까 좋아한다는 말을 듣고 나서 신경이 쓰이기 시작하는 전형적인 패턴이라고 생각하거든. 그건 엄청나게 자기에게만 형편 좋은 거고 상대방에겐 실례 아니야?"

그러자 오니키치가 내 어깨에 손을 얹고는 집게손가락을 펴서 흔들었다.

"칫칫칫, 나나칫칫."

"손가락으로 하는 게임 같은데?"

"이봐, 나나찌. 좋아한다는 말을 듣고 신경 쓰이는 게 무슨 잘못이야? 자기를 좋아한다고 말해주는 사람에게 흥미를 품는 건 사람으로서 당연한 거잖아. 짝사랑으로 시작되는 커플 같은 건 이 세상에 잔뜩 있다고. 나나찌는 그런 사람들에게 진실된 사랑이 없다는 거야?"

"그야……, 그렇긴 하겠지만."

오니키치가 하는 말은 왜 이렇게 설득력이 있는 걸까. 항상 납득해버린다.

"아하~, 알겠네. 나나찌는 그걸 신경 쓰고 있어서 애매모호한 거구나."

"애매모호?"

"나나찌는 토우카를 좋아하니까 그 애를 좋아할 수가 없고,

쫓기는 사랑에 몸을 맡기는 것 자체가 간을 본 것 같아서 비겁하다고 생각하니까 그 애를 좋아하는 걸 망설이는 거야. 아마 이런 상태로 나나찌가 나름대로 매듭을 짓는다 해도, 나나찌가 말하는 100퍼센트 토우카를 좋아하는 마음으로 이어지지는 않을 거야. 왜냐하면 계속 나나찌의 마음속에서 그 애에 대해 미안한 감정이 남을 테니까."

오니키치는 마지막으로 남은 타코야키를 입에 넣고는 시원스럽게 씹고 나서 삼켰다. 그리고 다시 나를 봤다.

"우선 토우카는 잊어버려. 그리고 좋아해주는 상대에게 나중에 흥미를 지니는 게 나쁜 짓이라는 고정관념도 버려. 그런 다음에 그 애의 마음을 다시 받아들여 봐. 알겠어? 나나찌. **나나찌**를 좋아하는 그 애를, 나나찌 스스로 좋아하는 건지 판단하는 거야. 쓸데없는 생각은 하지 말고. 좋아해주는 게 기쁘고, 그러니까 그 상대가 좋다, 그 정도면 되는 거야, 나나찌. 카미조 토우카를 쫓아가고 있는 자기 자신에게 얽매이지 마. 시모노 나나야를 쫓아오는 그 애와 제대로 마주 보는 거야. 그렇게 해서 나나찌가 그 애를 선택한다 해도 나나찌에게 뭐라고 할 사람은 아무도 없다고."

진지한 눈빛이 나를 바라보고 있었다.

나를 좋아한다고 말해주는 오구리를 나도 좋아한다고 생각하는지…….

쓸데없는 생각은 하지 말고 그저 그것만 제대로 마주 본다.

"오니키치……. 뭔가 나, 그 애와 제대로 마주 본다는 걸 착각하고 있었는지도 모르겠어. 네 말대로 방금 그 이야기를 듣기 전까지의 나였다면 나름대로 결론을 내린 뒤에도 뭔가 응어리가 남았을 것 같아."

아마 오구리의 진심을 받아들였다고 생각만 할 뿐, 결국 답답해했을지도 모르겠다.

"나나찌는 뭐든지 어렵게 생각하는 버릇이 있으니까~. 쓸데없이 너무 어른스럽다고."

"아하하, 그럴지도 모르지. 내가 보기에는 오니키치가 훨씬 어른스러운 것 같은데."

"그럼 우리 둘 다 마찬가지네. 결국 우리는 아무리 애를 써도 고등학생이니까. 어린애답게 발버둥 치면 되는 거야."

"그렇긴 하네."

우리 곁을 바람이 스쳐 갔다.

그 바람을 타고 온 금목서 향기가 코를 간질였다.

운동장에서는 농구부 에이스가 마침 킥 타깃을 성공시킨 참이었다.

옆에 있던 매니저가 기쁜 듯한 표정을 짓고 있다.

"그럼에도 불구하고 토우카가 좋다는 생각이 들면 그게 나나찌의 답이야. 쫓아가는 사랑이 힘들다 해도 스스로 그렇게 하고 싶다는 결론이 나온다면 상관없어. 쫓기는 사랑이든 쫓아가는 사랑이든, 양쪽 다 진심인 거지. 자기 진심을 찾아내라고, 나나찌."

"스스로 낸 결론이라……, 오니키치, 왠지 과장님 같네."

"내가 토우카 같다고? 그럼 나랑 사귈까? 나는 나나찌라면 대환영이라고~, 히어 위!"

"야, 그만해, 달라붙지 마!"

"시모노 선배!"

장난치던 두 남자 고등학생 뒤에서 순수한 여자 중학생의 목소리가 들렸다.

"……오구리. 메이드 카페는 별일 없었어?"

"네……, 별일 없다고 해야 하나, 틈을 봐서 사복으로 갈아입고 빠져나왔어요."

"아, 역시나. 왠지 미안하네."

"아뇨, 시모노 선배 때문에 그런 건 아니니까요."

그런 오구리를 보고 오니키치가 일어섰다.

"어라, 오구찌잖아! 이예이, 이예이~. 오랜만~!"

"으엑! 타도코로 선배!"

이봐, 이봐, 잠깐만 기다려 봐. 오니키치까지 오구리하고 아는 사이냐고.

"오니키치, 오구리하고 어떻게 아는 사이야?"

"중학교 후배지! 사이좋게 지냈다고. 안 그래~? 오구찌~."

"사이좋지 않았어요. 타도코로 선배, 향수 냄새나요. 저리 가주세요."

그렇구나, 오니키치도 니시 중학교 출신이었던가? 오니키치가 일방적으로 친한 척하는 거고 오구리는 왠지 싫어하는 것 같기도 한데.

"아까 코후유하고 같이 있던 중학생이 오구찌였구나. 홀 쪽은 잘 안 봐서 몰랐네. 아니, 나나찌야말로 오구찌하고 어떻게 아는 사이야? 다른 중학교잖아?"

"응······, 뭐."

내가 껄끄러워하자 오니키치가 곧바로 말했다.

"아, 그렇구나. 그런 거였어."

모든 것을 눈치챈 모양이었다. 좀 전에 그런 이야기를 하긴 했지만, 역시 대단하다.

"그럼 나는 5반의 야키소바를 먹으러 가야 하니까 둘 다 나중에 보자, 히어 위!"

오니키치는 그렇게 말하면서 내게 윙크를 했다.

그리고 소리를 내지 않고 입만 움직여서 파이팅이라고 말한 다음, 곧바로 학교 건물 쪽으로 사라져갔다.

그 뒤에 남은 나와 오구리는 서로 눈을 피하며 잠시 입을 다물고 있었다.

그리고 작은 한숨이 새어나온 다음, 오구리가 입을 열었다.

"시모노 선배, 할 이야기가 있어요."

때가 온 모양이다.

◆

학교 건물과 운동장 사이에 있는 연결통로 계단에는 나와 오구리 말고 아무도 없었다.

양쪽에서 들리는 시끌벅적한 잡음이 이곳의 조용함을 더욱 돋보이게 했다.

마치 현실과 환상의 틈새에 격리된 것 같다.

나는 운동장 옆에 있는 기둥식 야외 시계를 보았다.

16시 반.

역시 역사는 달라졌다.

내가 만든 레플리카 관람차가 계기인가?

아니면 나와 과장님이 타임 리프한 것 자체에 원인이 있는 건가?

확인할 방법이 없지만, 딱히 큰 문제는 아니다.

지금 중요한 것은 '언제', '어디서'가 아니라 '누가', '무엇을'이기 때문이다.

그것만큼은 변함이 없다.

나는 예전에 나오에게 고백한 타츠키라는 남자애에게 이렇게 말했다.

'네가 진지했기 때문이잖아.'

역사가 반복되더라도, 미래가 조금씩 바뀌더라도, 변함이 없었던 나오에 대한 강한 마음을 본인이 깨달았으면 했기 때문에.

그렇게 잘난 듯이 잔소리를 했던 나 자신이 지금까지 그런 진지함에서 눈을 돌리고 있었다니, 웃기지도 않는 남자다.

반성해라.

역사가 반복돼도 바뀌지 않는 그녀의 마음을 제대로 마주 봐라, 시모노 나나야.

다른 사람의 진심에 진심으로 대답하는 거다.

어른이라든가 아이라든가 그런 건 상관없다.

남자로서.

"시모노 선배."

"응."

조개구름이 흘러가는 저녁놀 아래, 오구리가 내 눈을 똑바로 보았다.

11년 전에는 계속 고개를 숙이고 있던 그녀가 고개를 들고 내 이름을 불렀다.

"처음 게임 안에서 말을 걸어주셔서 정말 기뻤어요."

"응."

"혼자라 불안했던 제게 자상하게 대해주셔서 그 이후로 계속 언젠가는 시모노 선배를 만나고 싶었어요."

"응."

"직접 만나보니 역시 멋진 분이었어요. 정말 자상하고, 멋있고, 때로는 덜렁대는 구석도 있지만, 그것도 귀엽고."

"응."

"이 마음은 누구에게도 지지 않아요. 누구보다도 강한 마음으로, 저는."

"응."

"저는 시모노 선배를 계속, 계속, 계속."

"응."

"계속———, 정말 좋아했어요! 저랑 사귀어주세요!"

이런 기분, 태어나서 처음이다.

11년 전, 고등학생이었던 나는 알지 못했다.

다른 사람이 좋아한다고 말해주는 건.

누군가가 이렇게 강한 마음을 부딪혀 오는 건.

이렇게나 기쁜 일이었나.

고등학교를 졸업하고, 사회에 나가고, 많은 사람들과 접하고, 다양한 경험을 해왔기에 눈치챌 수 있었던 건지도 모르겠다.

사회에는 친절한 사람도 많이 있었다. 그만큼 기분 나쁜 사람도 많이 있었다. 힘든 일도 잔뜩 있었다.

그렇기 때문에 그녀의 순수한 마음이 깊게, 그리고 무엇보다 올곧게 내 마음에 박혔다.

그리고 나는 나 스스로도 놀랄 정도로 마음이 흔들리고 있었다.

11년 만에, 이제야 우시키 오구리의 고백을 받아들일 수 있었던 것 같다.

그렇구나, 이게 답이었구나.

이게, 내———, 진짜 마음.

"오구리, 고마워. 나———."

나이 : 22세

학년 : 대학교 4학년

생일 : 4월 19일(양자리)

혈액형 : O형

키 : 178cm

좋아하는 것 : 고양이, 와인, 독서

꺼리는 것 : 화내는 여동생, 기분이 나쁜 여동생

특기 : 심리학

타도코로 오니키치
Onikichi Tadokoro

카미조 유이토
Yuito Kamijo

나이 : 15세

학년 : 고등학교 1학년

생일 : 9월 20일(처녀자리)

혈액형 : AB형

키 : 179cm

좋아하는 것 : 레몬티, 치즈 버거, 시모노 나나야

꺼리는 것 : 피클, 미술

특기 : 스포츠 전반, 수학

제6장 ▌여자 상사의 진짜 마음

Why is
my strict
boss
melted
by
me ?

"그렇게 된 거야! 나오, 어떻게 생각해?!"

"아, 아주머니, 베이비 스타 하나만 더 주세요~."

우스터 소스와 육수가 익는 구수한 냄새가 퍼지는 좁은 공간. 나오는 그곳 중앙에 자리 잡은 철판에 몬자야키를 섞으며 막과자집 아주머니에게 주문을 추가했다.

"잠깐만, 나오, 내 말 듣고 있어?"

"응, 듣고 있어, 듣고 있어. 베이비 스타를 잔뜩 넣는 게 더 맛있거든, 과장님~."

통학로 중간에 철판구이를 즐길 수 있는 막과자집이 있다는 이야기는 11년 전부터 듣긴 했지만, 실제로 와본 건 이번이 처음이다. 막과자가 진열되어 있는 가게 안에서 철판을 보았을 때는 정말로 이런 곳에서 철판구이를 할 수 있구나 하는 생각에 약간 감동했다.

이렇게 학생다운 숨겨진 명소에 나를 데려다주는 사람은 항상 나오다.

그 점은 정말 고마워하고 있다.

고맙긴 하지만, 지금은 내 이야기를 들어줬으면 좋겠다.

"그러니까, 듣고 있어, 과장님~. 나나야가 선물 가게에서 과장님하고 데이트하고 있었는데 오구오구하고 어디론가 가버렸다는 거지?"

　문화제를 다음 주로 앞둔 방과 후.

　나는 저번에 유원지에 간 날 오후에 있었던 일을 나오에게 보고하고 있었다.

　"맞아! 그거야! 오구오구! 그 작고 귀여운 우시키 오구리!"

　"응, 응, 오구오구는 귀여우니까~. 나나야가 실실거리는 것도 이해가 돼~."

　"그렇단 말이야……, 귀엽단 말이지, 우시키 양. 그래도 나나야 군은 연상을 좋아하겠지?"

　막과자집 아주머니가 베이비 스타 봉투를 가져다주었기에 나오는 그것을 받아들고 곧바로 봉투를 뜯어서 몬자야키 위에 뿌렸다. 맛있을 것 같다.

　"맞아~, 나나야는 예전부터 연상 누님을 좋아한다니까. 유치원 때는 여자 선생님을 진짜로 좋아했고, 초등학교 때는 근처에 살던 여대생을 좋아했으니까."

　"여대생?! 잠깐만, 나이 차이가 너무 많이 나지 않아?!"

　"그렇다니까~, 이루어지지 않는 사랑만 쫓아간단 말이지, 그 남자는. 그러고 보니 그 여대생에게 남자친구가 있는 걸 보고 엉엉 울었지~, 아마. 남자친구가 정장을 멋지게 차려입은 어른이었거든. 그래서 나나야는 좋아하는 사람이 생기면 우선 어울리는 남자가 되어야 한다는 콤플렉스가 생겨버린 것 같아. 자, 과장님~, 드세요~."

　나오는 그렇게 말하며 방금 완성된 몬자야키를 반쯤 내게 나누어주었다.

"좋아했던 사람을 자기보다 훨씬 어른스러운 남자에게 뺏기는 경험을 초등학생 때 맛봐서 살짝 트라우마가 생겨버린 거겠지, 슬픈 사랑."

"뭐~, 초등학생이 여대생을 좋아한 건 사랑이라고 할 수 없을 텐데. 남자들은 다들 한 번 정도는 어른 누님을 동경하는 법 아닐까~. 고등학생이 될 때까지 그걸 고집하는 나나야가 정말 대단한 것 같긴 하지만."

"그렇다면 더더욱 연하인 우시키 양을 보고 실실거리는 게 이상하잖아."

실실거렸던가? 우시키 양이 어필했던 건 분명하지만, 으음, 그래도 단둘이서 관람차를 탔으니 실실거렸겠지.

"오구오구는 귀여우니까~."

"정말, 그 말밖에 안 하잖아! 그리고, 맞는 말이야!"

소박하고, 순수하고, 하얗고, 자그맣고, 어리고, 정말 전체적으로 더할 나위 없이 귀엽단 말이지.

"그래도 나나야가 좋아하는 타입은 아닌 것 같아, 오구오구."

"여, 역시……, 그런가?"

"응!"

소꿉친구인 나오가 그렇게 말하는 거니 틀림없을 것이다.

나나야 군이 동경하는 사람은 그보다 연상이다. 이건 본인에게 직접 들은 정보니까 확정사항이다.

그렇게 되면 우시키 양이 나나야 군을 좋아한다고 해도 그 반대는 아닐 것이다.

그런데…….

왜 이렇게 가슴이 술렁대는 걸까.

"그래도 과장님~, 방심하고 있다가는 뺏겨버릴지도 몰라~! 왜냐하면!"

"우시키 양은…….."

"오구오구는…….."

""귀여우니까!""

그게 전부다.

우시키 양은 귀엽다. 그렇게 귀여운 후배가 대시하면 아무리 연상을 좋아한다지만 덜컥 넘어가더라도 이상할 게 없다.

미래는 얼마든지 바뀔 수 있는 것이다.

"실제로 전혀 흥미가 없었던 상대라 해도 좋아한다고 하면 신경 쓰이곤 하니까. 오구오구는 나나야가 자기 타입이라고 선언까지 했다면서?"

"응, 그랬어."

"좋아좋아 광선 풀 전개네! 그런 한편, 고집스러운 츤데레 과장님은 나나야에게 좋아좋아 광선을……?"

"안 쐈어……, 아니, 애초에 나는 그런 필살기를 갖추고 있지 않아."

"무슨 말을 하는 거야, 과장님~! 좋아좋아 광선은 모든 여자애의 표준 장비라고! '가슴 만질래?'라고 말하면 남자애들 따위는 금방 함락되니까!"

"그래, 졸업할 때까지는 나오의 그런 생각을 어떻게든 교정해야겠어."

"꺄악~, 무서워~, 과장님~, 그렇게 무서운 표정 짓지 말고, 가슴 만질래?"

"이 바보!"

하지만 분명 이런 걸 당하면 세상 남자들은 거의 함락될 것 같은 기분이 든다. 오늘도 교복이 찢어질 것 같을 만큼 크다.

"나는 오구오구하고도 사이가 좋으니까 양쪽 다 응원하고 싶지만, 나나야의 몸은 하나밖에 없으니까~. 아니, 오구오구하고 과장님에게 인기 많은 나나야가 좀 짜증 나네. 평소에는 인기 없는 캐릭터인 척하는 주제에 미소녀들의 하트만 노려서 움켜쥐다니. 아예 그 하나밖에 없는 몸이 찢어져 버리면 좋을 텐데."

이 애는 가끔 살벌한 말을 한단 말이지.

"그래도 과장님~, 지금은 오구오구가 한발 앞서가고 있어. 라이벌이 나타난 이상, 과장님도 슬슬 팍팍 나가야지!"

"팍팍……."

"그래, 팍팍! 나나야는 둔감하니까 소리 내어 말하지 않으면 모를 거야. 모른다고 해야 하나. 과장님 본인의 입으로 직접 말하지 않으면 믿지 않는다는 게 더 정확하려나?"

내 입으로 직접……, 말한다고?

하긴, 나는 타임 리프를 한 뒤로 이것저것 어필했지만, 그건 전부 빙 둘러 가는 어필이었다. 그야 사회인 시절과 비교하면 엄청나게 노력하고 있고, 그 부분은 칭찬해줬으면 하지만…….

좀 더 노력하는 사람이 눈앞에 나타난 걸 보니 내 노력 따위는 하찮은 것이라는 걸 뼈저리게 느꼈다.

이제 슬슬 각오를 다져야 할지도 모르겠다.

"노력……, 해볼까."

나는 그렇게 혼잣말을 하면서 몬자야키의 그을린 부분을 으득으득 깎아냈다.

그러자 눈앞에서 나오가 싱글거리며 나를 봤다.

"왜, 왜 그래? 나오."

"과장님도 오구오구 못지않을 정도로 엄청 귀여워."

"정말……, 바보 같은 소리 하지 마."

일 쪽은 완벽하다는 소리를 들어왔던 나도 이 귀여운 후배는 당해낼 수 없는 것 같다.

◆

문화제 전날 밤.

2학년 2반은 내일 유령의 집을 성공시키기 위해 꼼꼼하게 준비하고 있었다.

나도 의상 담당이 준비해준 마녀 코스튬을 입어보며 문제가 없는지 최종 체크를 받는 중이다.

"으음~, 카미조 양이 입으니 뭔가 무서운 느낌보다는 아름다운 느낌이 더 강하네."

"어?! 내 문제야?!"

"약간 유행을 타서 너무 마법 학교처럼 해버렸나?"

"아, 그렇긴 하네. 그 인기 영화 시리즈 완결편이 슬슬 공개되니까."

"뭐, 그래도 이제 와서 손댈 시간은 없으니까 이대로 가자."

의상 담당 여자애가 말했다. 아니, 입어본 의미가 없잖아.

도움을 받으며 의상을 벗고 있자니 당일 시간표 관리를 맡은 남자애가 내 곁으로 다가왔다.

"카미조 양, 시간표는 이거면 문제가 없을까?"

"어디 보자⋯⋯. 아, 점심시간에 줄 관리 담당자를 한 명 더 늘리는 게 나을지도 모르겠어. 해마다 문화제 때는 이 시간대가 제일 혼잡했다는 데이터도 있고, 올해는 신기하게도 우리 반 말고는 유령의 집을 하는 반이 없는 것 같으니까. 아마 혼잡해질 거야. 옆 반 교실에서 다도부가 다과회를 한다고 했으니까 더욱 시끄럽게 떠들어서 분위기를 망칠 수는 없고."

"역시 대단하구나, 고마워. 다시 조정해볼게."

남자애가 물러나자 곧바로 음향 담당 여자애가 다가왔다.

"카미조 양, 저번에 지적해준 부분을 수정했는데 BGM을 확인해줄 수 있을까?"

"응. 흐음, 흐음, 괜찮네. 응, 완벽한 것 같아."

"고마워! 카미조 양 덕분이야!"

그다음은 소품 담당 남자애.

"카미조, 저기 피를 재현한 현수막은 어때? 위치는 괜찮을 것 같아?"

"응, 위치는 나쁘지 않은데 저렇게 묶어두면 중간에 떨어질 우려가 있을 것 같아. 확실하게 고정해두지 않으면 사고가 날 수도 있어."

"알았어, 다시 고정해두지."

"그리고 하야시 선생님에게 부탁했던 추가 소품은?"

"아, 오늘까지 준비해서 가져다준다고 했는데, 늦긴 하네."

"잊어버렸을지도 모르니까 너무 늦는 것 같으면 재촉하는 게 좋을 거야."

"현수막 좀 다시 달고 그렇게 할게. 땡큐."

남자애가 자기 일을 하러 돌아간 뒤……

"카미조 양~.""카미조, 잠깐만 이것 좀 봐줘.""있지~, 있지~, 토우카, 이거."

끊임없는 확인을 하나씩 해나가면서 시간이 조금 지난 뒤에야 겨우 나는 입어본 마녀 의상을 벗을 수 있었다.

"난 잠깐 쉬다 올게."

"다녀오세요~."

의상 담당 여자애에게 그렇게 말한 다음, 나는 다음 손님이 오기 전에 재빨리 교실을 나섰다.

그리고 건물 입구에서 신발을 갈아신고 자동판매기에서 캔커피를 하나 샀다.

"휴우……, 피곤하네."

어느새 우리 반 총지휘 같은 일을 맡고 있다. 일단 이번에는 그냥 놀라게 하는 역할 중 한 명에 불과한데.

사람들이 내게 기대는 건 싫지 않다.

내가 도움이 된다면 온 힘을 다해야지.

하지만 모두가 의존하고 대단하다고 말해주는……, 그런 카미조 토우카는 사실 자기 일은 제대로 처리하지 못하는 얼간이다.

다른 사람의 평가와 자신의 분석 사이에 너무나도 큰 차이가 있다.

그런 것 때문에 고민하는 날이 올 줄은 상상도 못 했다.

건물 입구에서 보이는 은행나무를 바라보며 나는 캔커피 뚜껑을 땄다.

그러고 보니 저 은행나무에는 연애가 이루어진다는 소문이 있다던데.

문화제 날에 저 밑에서 고백해서 맺어진 커플은 결혼할 수 있다……고 했나?

솔직히 말해서 그런 소문도 타임 리프를 하고 난 뒤에야 알았다. 아마 11년 전에도 그 소문이 있었겠지만, 당시에는 학생회장으로서 문화제를 운영하는 쪽에서 움직이고 있었기에 그런 이야기를 알 기회가 없었다.

아니, 그건 변명이지.

그저 내가 그런 화제에 관심이 없었을 뿐이다.

나나야 군을 좋아하면서도 고등학교 시절에는 그늘에서 바라보기만 한 방관자.

설령 그 소문을 알고 있었다 하더라도 실행할 용기가 없었을 것이다.

그건 지금도 마찬가지다.

나오에게 잔소리를 듣고 노력해보자고 결심한 참인데, 저 은행나무를 봐도 소문을 믿고 나나야 군에게 고백해볼까……라는 용기가 생기지 않는다.

각오를 다지자고 마음을 굳게 먹어봤자 그 각오 자체가 별것 아닌 것이다.

"에휴……, 정말 싫어지네."

"이예이~, 이예이~, 뭐가 싫어져 버린 거야, 토우카!"

신나는 목소리와 함께 밝은 갈색 머리카락 남자애가 내 앞에 나타났다.

"어머, 오니키치 군. 무슨 일이야?"

"2학년 2반에 소품을 가져다주러 갔더니 토우카가 여기 있다고 해서 말이지!"

"아, 소품이 이제야 왔구나. 가져다줘서 고마워, 오니키치 군."

"별말씀을, 히어 위!"

이런, 오니키치어가 너무 난해하다.

"그건 그렇고, 토우카, 왜 한숨 같은 걸 쉬고 있는 거야?"

"오니키치 군……, 고민이 있는데 들어줄래?"

"아니, 안 들어."

"방금 그 흐름에서 안 들어준다고?!"

"내가 고민 상담을 들어주는 건 나나찌뿐이라고, 이예아!"

정말 나나야 군을 좋아하는구나, 이 아이는.

그러고 보니 오니키치 군은 원래 고등학교 1학년 때는 갸루남이 아니었다고 나나야 군에게 들은 적이 있다. 그런 부분은 바뀌었는데 나나야 군과의 관계는 바뀌지 않았다. 시대를 넘어서도 서로 이해하고 있는 두 사람 사이에는 무언가가 있을 것이다.

지금의 내게 결정적인 힌트를 얻을 수 있을지도 모르겠다.

"오니키치 군하고 나나야 군은 고등학교에 입학하고 나서 친구가 된 거지?"

"응? 맞아. 다른 중학교를 나왔으니까!"

"어떤 계기로 그렇게 사이좋게 지내게 된 거야?"

"입학하고 처음 앉은 자리가 가까웠기 때문이야, 히어 위 고~!"

"그게 다야?!"

"그래, 히어 위, 히어 위 고~!"

"아니, 그 왜, 둘만의 특별한 에피소드 같은 게 있을 만도 하잖아?!"

"없다고, 히어 위, 히어 위, 히어 위 고~!"

진짜로 없나 보네!

"그럼 어째서 그렇게 사이가 좋은 거야?"

"토우카, 우정에 이유 같은 게 필요해?"

"뭐라고 받아칠 수가 없네……."

"나나찌하고는 마음이 잘 맞아. 그 이상도, 그 이하도 아니야."

오니키치 군은 아무렇지도 않게 말했다.

하긴, 그게 진짜 우정일지도 모르겠다.

특별한 이유 같은 건 필요 없다.

그저 함께 있기만 해도 즐거운 것. 함께 있으면 행복한 것.

그렇게 멋진 관계가 또 있을까.

"부럽네……."

"뭐야, 역시 나나찌 때문에 고민하고 있었구나."

"따, 딱히 그런 건 아니야."

"나는 토우카의 고민을 들어주지 않을 거지만, 풀 죽은 토우카를 격려해줄 기특한 녀석이라면 알고 있지."

"누군데……. 그런 사람이 있어?"

"나나찌가 옥상으로 와달래."

"어? 나나야 군이?!"

"아, 그런데 뭔가 준비할 게 있으니까 한 시간 정도 지난 다음에 와달라고 하던데."

"그, 그래……, 알겠어."

무슨 용건일까. '저, 오구리와 사귀기로 했어요!'라고 보고하면 어쩌지? 아니, 아니, 애초에 내게 그런 보고를 할 필요가 없을 텐데.

"그럼 전해줬으니까 나는 가볼게."

"응, 고마워, 오니키치 군."

"별말씀을, 히어 위! 바이찌~."

오니키치 군은 손을 흔들며 학교 건물 쪽으로 돌아갔다.

그러고 보니 캔커피를 따놓고 아직 한 모금도 안 마셨다. 일단 마신 다음에 교실로 돌아갈까.

그렇게 생각하며 한 모금.

"너무 달아……, 어? 이게 뭐야."

들고 있던 캔커피를 얼굴 근처로 들어 올려서 상표를 보았다.

『아이스 코코아』

"에휴……."

부정적인 생각을 하면서 행동하면 결과가 제대로 나오지 않는 법이다.

지금 내게 아이스 코코아는 너무 달다.

◆

정확하게 한 시간이 지난 것을 확인한 나는 교실을 빠져나와 옥상으로 향했다.

역시 이런 시간이 되니 복도에 남아있는 학생은 거의 없었고, 그 대신 각 교실 안에서 즐거운 듯한 목소리가 들려왔다.

우리 학교는 전야제를 하지 않기 때문에 다들 그런 기분을 맛보고 싶어서 비슷하게 행동하고 있는 거겠지.

4층 위로는 교실도 없기 때문에 불도 전부 꺼져 있었다.

어두운 계단을 천천히 올라가 보니 왁스가 발라진 바닥과 실내화 바닥이 울리며 끼익끼익, 독특한 발소리가 조용한 건물 안에 울려 퍼졌다.

왠지 내 심장 소리를 듣고 있는 것 같아서 점점 더 긴장되기 시작했다.

5층으로 올라가자 바깥의 빛이 희미하게 스며들기 시작했다.

나는 그렇게 빛이 스며들고 있는 입구에 도착한 다음, 일단 멈춰 서서 마음을 가라앉혔다.

"좋았어……."

누구에게 말한 건지 모를 목소리를 내며 조용히 문을 열었다.

예쁜 밤하늘 아래에서 야경을 바라보는 나나야 군이 그곳에서 있었다.

그는 내가 낸 문소리를 눈치챘는지 곧바로 이쪽을 바라보았다.

"고생 많으시네요, 과장님."

"학교에서 고생 많다고 하지 마."

그럴 때마다 나이든 기분이 든단 말이야.

"죄송합니다."

그렇게 사과하는 그의 얼굴이 매우 굳어 있었다.

뭔가 심각한 고민이라도 있는 걸까.

생각해보니 아무도 없는 이런 곳에 상사인 나를 불러냈으니 상상했던 것보다 심각한 이야기를 하려는 건지도 모르겠다.

몇 번이나 말하는 거지만, 다른 사람들이 내게 기대는 건 싫지 않다.

부하인 나나야 군에게 나는 오랫동안 함께 해온 상사.

기댄다면 그에 맞게 부응해줘야지.

좀 전까지 꾸물대던 카미조 토우카는 일단 봉인.

나나야 군 앞에서는 계속 멋진 카미조 토우카로 있고 싶다.

그것만큼은 내 오기다.

다른 사람들이 능력 있는 여자라고 평가해준다면, 좋아하는 사람 앞에 있을 때 정도는 그걸 연기해낼 것이다.

나는 나나야 군에게 말을 걸었고, 이야기를 들었다.

하지만 자세히 들어보니 아무래도 내가 착각했던 모양인지 딱히 대단한 용건은 없는 것 같았다. 그러면 그렇게 진지한 표정을 짓지 말라고, 정말.

걱정해버렸잖아.

그런 내 마음도 모르고 그는 쑥스러운 듯한 표정을 지으며 말했다.

"과장님에게 보여드리고 싶은 게 좀 있어서요."

나는 그를 따라 옥상 부속 건물 뒤쪽으로 향했다.

그곳에는 목재를 이어붙여서 만든 큼직한 곤돌라가 있었다.

그리고 나나야 군은.

"관람차를 타고 싶다고 하셨죠?"

그렇게 말했다.

아, 그렇구나.

나는 그제야 눈치챘다.

어째서 그를 이렇게 좋아하게 되었는지.

다른 사람이 기대는 게 당연하다고 생각했던 나.

하지만 사실은 글러먹었고, 약하고, 겁쟁이인 나.

아무도 모르는, 나만 알고 있는 나.

그런 카미조 토우카를 그만이 봐주고 있기 때문이다.

진짜 카미조 토우카를 알아준다.

11년 전처럼 몸을 던져서 구해준다.

여름 축제 때처럼 온 힘을 다해 달려와 준다.

그리고 지금, 이 순간에도 나를 격려해준다.

진짜 나를 그만이 알아준다.

그래서 나는 그를 좋아하는 것 같다.

시모노 나나야에게 사랑에 빠진 것이다.

"나나야 군, 고마워."

결심했다.

나는 내일, 그를 은행나무 밑으로 불러낸다.

그리고 그곳에서 내 마음을 밝힐 것이다.

———카미조 토우카는 시모노 나나야에게 고백하겠습니다!

◆

"우효옷~! 여기 천국이야~?!"

다가온 문화제 당일.

메이드 카페를 하는 1학년 7반 교실에서 나는 여자 중학생 메이드를 양쪽 옆에 낀 채 그녀들의 어깨를 끌어안고 있었다.

휴대폰으로 사진을 찍는 기념 촬영회다.

나도 마녀 로브를 입고 왔기에 코스프레 촬영회처럼 되어버렸지만, 상관없겠지.

나나야 군에게 마녀 모습을 보여준다는 목적은 달성했으니 지금부터는 개인적인 시간을 보내야겠다.

"카미조 선배, 이건 어떻게 해야 사진을 찍을 수 있나요?"

1학년 7반 반장이라는 아이가 내 스마트폰을 든 채 카메라를 켜는 데 고생하고 있었다.

"아, 미안해. 여기야."

나는 그녀에게서 스마트폰을 받아들고 카메라 어플을 기동시켰다.

"호오~, 스마트폰은 참 좋네~."

"조만간 다들 가지고 다니게 될 거야. 이제 여기를 터치하면 찍히니까, 잘 부탁해."

"알겠어요."

나는 다시 내 위치로 돌아와 기다리고 있던 귀여운 아이들의 어깨에 팔을 둘렀다.

"잠깐, 과장님 아줌마, 너무 가까운데."

"코후유, 이건 어엿한 일이야. 넘버원 메이드가 되기 위해 노력하도록 해."

"딱히 넘버원 메이드를 목표로 삼은 것도 아닌데!"

그러던 와중에 반장이 카메라를 들어 올렸다.

"찍을게요~."

"자, 둘 다 웃어."

"자, 치즈~."

찰칵.

나는 곧바로 반장에게 달려가 사진을 확인했다.

"이러면 찍힌 건가요?"

"응, 완벽해! 꺄악~, 귀여워~! 둘 다 웃으라고 하니까 쑥스러워하면서도 웃어주고 있네~! 최고야~!"

"손님, 다음은 저희 가게에서 가장 인기 있는 나오를 지명하셨죠?"

"물론이지!"

"나오, 지명이야."

"네에~!"

이 낙원은 뭐지? 도원향이 여기에 있었구나. 등산 같은 걸 하면서 명상을 하고 있을 상황이 아니었어. 다른 세계로 통하는 입구는 지상에 있었다고!

"뭐 하고 있는 거야, 토우카……."

엄청나게 날카로운 시선이 복도 쪽에서 날아들었다.

나는 재빨리 고개를 옆으로 돌렸다.

열려 있는 문 너머에서 카리스마 갸루가 정색하는 표정으로 이쪽을 보고 있었다.

"비, 비와코!"

"……."

엄청나게 정색하고 있어!

"비와코, 그게 아니야! 이, 이건, 그래! 도원향이야!"

하으윽. 내가 무슨 소릴 하고 있는 거지? 완전히 이곳이 지닌 마력에 물들어서 뇌가 맛이 가버렸다.

비와코는 눈썹을 치켜 올리면서 쿠웅, 쿠웅, 괴수 같은 발소리와 함께 교실로 들어왔다.

"잠깐, 여기 책임자가 누구야!"

"네, 저예요. 사콘지 선배."

반장이 당당하게 비와코 앞에 섰다. 역시 카리스마 갸루라 그런지 1학년들도 비와코의 이름을 알고 있는 모양이었다.

"이, 이런 건 야, 야한 가게에서나 하는 거 아니야! 비와는 문화제에서 그런 걸 하면 안 된다고 생각하는데!"

너무나도 순수한 발언!

비와코에게는 메이드 카페가 망측한 가게로 보이는 모양이네. 애초에 진짜로 그런 가게는 아마 보안적인 문제로 오히려 사진 촬영 같은 걸 아예 못할 거야.

"호오~, 사콘지 선배……, 메이드 카페의 규칙을 모르시나 보네요."

반장의 입가가 싱글거리며 살짝 올라갔다. 아, 이거……, 혹시.

"뭐, 뭐어? 규칙 같은 건 상관없거든?"

"메이드 카페에서 사진을 찍는 서비스는 거의 모든 가게에서 하고 있는 거고, 어엿한 비즈니스라고요. 그런 걸 망측한 거라고 착각하시다니, 사콘지 선배야말로 오히려 항상 그런 생각만 하시는 거 아닌가요?"

"비와는 그렇게 야한 생각 같은 건 안 하거든!"

"어이쿠, 실례. 그럼 사콘지 선배가 그냥 성 지식이 부족한 어린애였을 뿐이겠네요."

"뭐, 뭐어~?! 지금은 가게의 규칙에 대한 이야기를 하고 있었던 거지, 서, 성 지식 같은 건 상관없을 것 같거든!"

얼굴을 새빨갛게 물들인 비와코와 악당 같은 미소를 짓고 있는 반장에게 교실에 있던 사람들의 주목이 쏠렸다. 그건 그렇고 반장의 도발 스킬이 진짜 대단하다.

"그렇죠. 메이드 카페의 규칙 이야기를 하고 있죠! 사진 촬영은 메이드 카페의 규칙으로 따지면 아무런 문제도 없어요!"

"그, 그건……, 그렇게 따지면 그럴 수도 있고, 비와가 몰랐던 거니까 미안하지만."

"미안하다고 해서 다 넘어갈 수 있다면 경찰은 필요 없겠죠! 이건 어엿한 영업방해라고요! 사콘지 선배!"

"여, 영업방해?! 비, 비와는 그럴 생각이……."

아니, 아니, 왜 이런 지리멸렬한 논리에 성적으로도 톱클래스인 총명한 사콘지 비와코가 밀리고 있는 건데. 도발을 너무 심하게 당해서 완전히 주도권을 빼앗겨 버렸잖아.

"그리고 영업방해를 한 사람은 그 대가로 메이드가 되는 것이 메이드 카페의 규칙이에요!"

"그럴 리가 있냐~!"

휴, 역시 태클을 거는구나.

"하아~! 사콘지 선배는 또 그렇게 자기가 모르는 규칙은 존재하지 않는다고 단정 지으시네요!"

"어……, 그건……, 저기."

아니, 이봐, 비와코.

"좀 전에 반성해놓고, 한 번이 아니라 두 번이나! 저를 거짓말

쟁이라고!"

"저기……."

이봐~, 비와코 양~, 괜찮으신가요~?

"하아~! 슬퍼요! 저는 메이드 카페의 규칙을 따랐을 뿐인데, 슬프다고요, 사콘지 선배!"

"미안하거든……."

네, 사과했네요! 사과했어, 저 애가! 애초에 아까부터 따지는 메이드 카페의 규칙이라는 게 대체 뭔데!

"메이드……, 해주실 거죠?"

"……저기, 그건."

"해주실 거죠?"

"……네."

저 애, 나중에 사기 같은 걸 당하지 않을까? 걱정이 되네.

"감사합니다, 사콘지 선배."

반장은 그렇게 말하며 비와코를 끌어안았다.

비와코 뒤에서 반장이 악마 같은 미소를 짓고 있다. 아니, 방금 손으로 돈 제스처를 보였어! 무서운 아이! 그녀를 보고 있자니 본사에 있던 경리 담당자가 생각난다. 그 사람도 돈만 걸리면 이것저것 대단했는데.

카리스마 갸루가 메이드로 참가하자 1학년 7반은 더욱 활기찬 모습을 보이게 되었다.

그런 소동이 일어나는 가운데 어느새 사복으로 갈아입은 우시키 양이 내 앞을 슬쩍 지나갔다.

아, 도망칠 생각이구나. 아직 우시키 양하고 둘이서 사진을 찍지 않았는데!

뭐, 반장의 저런 모습을 보면 아마 그녀도 억지로 메이드를 하게 된 것 같다.

지금은 얌전히 보내줄까.

그렇게 생각하고 있자니 우시키 양이 멈춰 서서 나를 보았다.

그리고 지금까지 본 적이 없을 정도로 강한 눈빛을 보이며 말했다.

"저는 절대로 지지 않을 거예요."

나는 떠나가는 우시키 양을 그저 멍하니 바라보기만 했다.

왠지 그녀의 뒷모습은 다른 사람 같았다———.

◆

17시 5분 전.

나는 건물 입구 앞에 있는 커다란 은행나무에 등을 기대고 약속 시간이 될 때까지 혼자서 기다리고 있었다.

결국 그 후 메이드 카페는 비와코가 참가한 덕분에 매우 붐비게 되었다. 사람들이 너무 많이 몰려서 선생님들이 무슨 일인가 살펴보러 올 정도였다. 나도 충분하고도 남을 정도로 즐겼고, 한 시간 정도 그곳에 푹 빠져 있었다.

17시가 다가오고 있다는 사실을 눈치채고 급하게 교복으로 갈아입은 다음에 이곳으로 온 게 불과 몇 분 전이다. 너무 정신없이 놀았던 것 같다. 뭐, 그래도 비와코가 드물게도 당황해서 쩔쩔매는 모습도 보았고, 어떻게든 늦지 않게 왔으니 상관없겠지.

그건 그렇고, 건물 입구 근처에는 사람이 거의 없다.

가끔 운동장으로 가는 사람이 몇 명 지나치는 정도. 나는 사람이 별로 없는 게 긴장도 덜 되니까 좋긴 하지만, 이렇게 되니 소문이 진짜인 건지 불안한 마음이 든다.

해마다 은행나무 아래에서 고백하는 학생이 적어도 두세 명은 있다고 한다. 물론 큰 이벤트로 생각하고 구경하러 오는 구경꾼들도 모여들기 때문에 원래는 건물 입구 근처에 사람들이 넘쳐난다고 들었다.

그런데 왜 이렇게 조용한 거지?

소문이 어디론가 이사라도 간 걸까? 행사장 변경 알림을 미처 보지 못하고 라이브에 와버린 듯한, 뭐라 말하기 힘든 불안함이 느껴진다.

아니, 목적은 고백하는 것 자체라서 딱히 문제는 없지만, 모처럼 용기를 내는 거니까 이왕 하는 거 연애가 이루어진다는 소문에 기대고 싶은 마음도 있었다.

안 되지, 안 돼, 그렇게 신에게만 의존해서 어떻게 하려고. 애초에 이 소문은 커플이 성립된 뒤에 효과가 발휘되는 거고, 나는 신에게 소원을 비는 걸 타임 리프로 한 번 써먹었으니까 사치스러운 말을 할 입장이 못 된다.

마음을 가라앉히고 조용히 기다리자.

그리고 1분, 또 1분, 시간이 흘러갔다.

그렇게 시간이 지나갈 때마다 내 심장은 더 빠르게 뛰었다.

지금까지는 그가 모습을 드러낼 기색이 없다.

평소에는 5분 전에 반드시 만나기로 한 장소에 오곤 하는 나나야 군.

무슨 일이 생긴 걸까.

하지만 아직 17시가 된 것도 아니니 쓸데없는 생각은 하지 말자.

그저, 그저, 때가 되기만을 기다렸다.

그리고———.

17시를 알리는 종소리가 학교 건물의 스피커에서 흘러나왔다.

그는———, 오지 않았다.

아니, 약간 늦는 것뿐인지도 모른다.

조금만 더……, 조금만 더 기다려야지…….

"시모노 선배라면 안 와요."

귀에 익은 목소리가 내 귀를 스쳤다.

천천히 그 말의 주인을 향해 돌아봤다.

"무슨 소리야……, 우시키 양."

거기에 서 있던 사람은 시모노 나나야가 아닌 우시키 오구리 양이었다.

"제가 말했죠? 당신에게는 절대로 지지 않을 거라고."

들었다.

나도 알고 있다. 그녀는 나나야 군을 좋아하고.

그리고 아마 내가 나나야 군에게 마음이 있다는 것도 눈치채고 있을 것이다.

하지만 그건 나나야 군이 이곳에 오지 않는다는 이유가 되지 못한다.

"구체적으로 가르쳐줄 수 있을까?"

나는 동요한 마음을 들키지 않게끔 최대한 천천히, 그리고 숨을 고르며 우시키 양에게 물었다.

"카미조 선배는 의외로 둔감하시네요. 그러고 보니 최근 몇 달 동안 뭔가 특이한 일이 일어나지 않았나요? 당신 주변……, 아니, 시모노 선배 주변에서."

"나나야 군 주변에서……?"

몇 달이라니, 어느 정도 기간을 말하는 걸까. 그의 주변에서 특이한 일이라면……. 내가 고등학교 시절에 나나야 군과 함께 지내게 된 건 타임 리프를 한 뒤다.

이것저것 생각해봐도 우시키 양이 무슨 말을 하고 싶어 하는 건지 취지를 잘 모르겠다.

"그렇구나……, 변화에 대해서는 별로 깊게 생각하지 않으셨군요. 원래 그런 거라고 인식한 건지……, 고찰은 중요한 법이에요. 카미조 선배. 어쩌면 그렇게 마무리가 어설픈 부분이 이번에 당신이 패배한 원인일지도 모르겠네요. 조금이라도 그 사람들의 변화에 대해 앞뒤가 맞지 않는다고 생각했다면 눈치챘을 수도 있었을 텐데."

"그러니까 무슨 소릴 하는 거야, 우시키 양. 당신이 무슨 소릴 하는 건지 잘 모르겠어."

대체 무슨 일이 일어난 걸까.

나나야 군은 어째서 오지 않는 거지?

그리고 왜 우시키 양이 내게 이런 말을 하는 거지?

머릿속이 정리가 되지 않는다.

"딱히 이제 와선 어찌 되든 상관없는 일이에요. 확정된 사실은 한 가지뿐."

우시키 양은 나를 무시하고 계속 말했다.

귀여운 그녀의 모습에서는 상상도 할 수 없을 정도로 시원스러운 미소를 지으며.

"우시키 양……?"

우시키 양은 입고 있던 카디건 주머니에 오른손을 넣으며 천천히 내게 다가왔다.

"제 승리예요, 카미조 선배. 아니———."

"카미조 과장님."

그리고 주머니에서 꺼낸 작은 포장지를 뜯고, 그녀는 자그마한 분홍색 사탕을 입에 넣었다.

─ ▌어나더로그

"우시키 군~, 스테이플러 심지 어디 있더라~?"

12시. 사원들이 점심 식사를 하러 사무실을 나서는 와중에 계장님이 내 이름을 불렀다.

나는 사무용품이 수납되어 있는 선반에서 스테이플러 심지를 꺼내 계장님에게 건넸다.

"미안해. 온 김에 이 컵도 좀 치워주겠어?"

"알겠습니다."

컵을 들고 개수대 쪽으로 가지고 갔다.

설거지를 마친 컵을 건조용 통에 담았을 때는 이미 12시에서 10분이 지난 뒤였다.

"에휴⋯⋯."

오늘도 편의점에서 도시락이나 사다 먹을까.

우시키 오구리, 25세.

대규모 관리회사에서 사무직으로 일하고 있는 회사원 나부랭이.

공인중개사와 관리업무 주임 자격, 아파트 관리사 자격까지 땄지만 현장 업무는 체력이 약해서 계속 해나갈 수가 없었기에 작년에 사무과로 발령되었다.

하지만 사무직도 회사를 지탱하는 훌륭한 역할이다. 상사를 돌봐주기 위해 일하는 건 아니다.

게다가 귀중한 점심시간을 할애하게 되다니, 근로기준법 위반 아닌가? 지휘와 감독을 받는다면 휴식 중이라 해도 근무 시간으로 인정될 텐데.

그렇게 생각해봤자 겁이 많은 내가 뭔가 할 수 있을 리도 없다.

갑질에 대해 강한 의지로 맞서 싸우는 요즘 분위기와는 달리 나 혼자 동떨어진 세계에서 살아가고 있는 것 같다. 결국 개선되어 가는 시대라 해도 자기 자신이 움직이지 않으면 변화는 찾아오지 않는다.

엘리베이터를 타고 1층으로 내려갔다. 여러 회사가 입주해 있는 건물의 현관은 매우 넓기에 건물 밖으로 나가기만 해도 시간이 꽤 걸린다. 으으, 점심시간이 점점 줄어든다.

겨우 입구 앞에 도착하자 내 몸에 반응하기도 전에 먼저 자동문이 열렸다.

그리고 문 너머에서 시원스럽게, 절세미인이 모습을 드러냈다.

길고 반짝이는 까만 머리카락. 길쭉하고 큰 눈에 오똑하고 작은 코. 8등신 정도는 되지 않을까 하는 생각이 들 정도로 완벽한 몸매가 내 앞을 지나치자 화려한 향기가 주위를 감쌌다.

우리 건물에 입주해 있는 상사에 터무니없는 미인이 있다. 이 건물에서 일하는 사람이라면 누구나 알고 있는 이야기다.

주식회사 디 오텀 상사, 그곳에 근무하는 카미조 과장님이 바로 그녀다.

나는 예전부터 카미조 과장님에 대해 알고 있었다.

말은 그렇게 해도 고향이 같은 지역이라 내가 일방적으로 알고 있을 뿐이다.

지금으로부터 약 10년 전에도 이 건물과 비슷한 소문이 퍼졌었다.

아마쿠사 미나미 고등학교에 카미조 토우카라는 미소녀가 있다.

재미있게도 10년이 지난 지금에도 소문 내용은 거의 바뀌지 않았다. 미소녀가 미인이 되었을 뿐이다. 게다가 그 본인은 외모가 당시 그대로다. 지금 그녀가 아마쿠사 미나미 고등학교의 교복을 입는다 해도, 마치 타임 리프라 생각할 정도로 젊고 예쁘다.

하이힐 소리를 크게 울리며 그녀가 건물 안으로 들어갔다. 그 뒤를 쫓는 사람이 있었다.

"과장님~, 기다려주세요~."

나는 재빨리 아래쪽을 내려다보았다.

그가 내 얼굴을 본다 한들 나를 기억하고 있을 리는 없을 텐데. 고개를 숙이는 버릇은 10년 전부터 변함이 없다.

나는 도망치듯이 자동문을 지나 밖으로 나왔다.

스쳐 지나가며 그가 이쪽을 본 것 같은 느낌이 든다.

아마 그냥 환상이겠지만.

"에휴……, 왜 시모노 선배네 회사가 같은 건물에 있는 거야……."

나는 고개를 숙인 채 걸어가기 시작했다.

시모노 선배와 이렇게 마주칠 때마다 매번 몸을 움츠리는 것도 이제 질린다.

자의식 과잉이라는 건 나도 알고 있지만, 그게 내 성격이니 어쩔 수가 없다. 겁이 많고, 비굴하고, 끈기도 없고. 으으, 그렇게까지 심하게 말할 필요는 없잖아. 나도 단 한 번만은 노력했으니까.

그것은 11년 전.

나는 시모노 선배에게 고백했다가 멋지게 차였다.

지금도 후회하고 있는, 슬픈 기억이다.

딱히 고백한 걸 후회하는 건 아니다.

좀 더 잘할 수 있지 않았을까, 그것을 후회하고 있는 것이다.

그렇게 머리카락을 대충 기른, 매력도 없는 중학생을 좋아해 줄 남자가 어디 있을까. 데이트도 딱 한 번. 도쿄 타워에 올라갔을 뿐, 이야기도 제대로 하지 않았다. 그런 상태로 용케도 고백 같은 대담한 행동을 했다며 오히려 감탄할 정도다.

어느 정도 몸단장을 하는 법도 익힌 어른이 된 지금이라면 좀 더 잘할 수 있을 것이다. 설마 10년이나 질질 끌게 되는 사랑이 될 줄 몰랐다. 아, 그 무렵으로 돌아가서 처음부터 다시 시작하고 싶다.

문득 벚꽃 꽃잎이 콧등에 닿았다.

"벌써 그런 계절이구나."

그렇게 생각하며 고개를 들어보니 어느새 낯선 골목으로 나와 있었다. 눈앞에는 낡은 신사.

"으엑……, 생각에 너무 빠져 있었네. 점심시간이 끝나버릴 텐데."

얼른 편의점에 가서 점심밥을 사 와야지.

그렇게 생각하면서 발걸음을 돌렸지만…….

"회사 근처에 신사 같은 게 있었나?"

왠지 신경 쓰인다.

이런 짓을 하고 있을 때가 아닌데.

하지만 신사에 흐드러지게 피어난 벚꽃이 너무나도 예뻐서 내 마음은 이미 사로잡힌 상태였다.

"조금만. 아주 조금만 꽃구경을 하고 가자."

딱히 누구에게 변명을 하는 것도 아닌데 나는 혼자서 그렇게 중얼거리며 경내로 이어지는 돌계단을 올라갔다.

바람을 타고 떠다니는 꽃잎이 마치 나를 반겨주고 있는 것 같았다.

이렇게 신비한 곳이라면 내 소원 하나 정도는 이루어줄지도 모른다.

사당 앞으로 다가가 새전함에 동전을 던져넣었다.

"시모노 선배와 사귈 수 있기를, 시모노 선배와 사귈 수 있기를, 시모노 선배와 사귈 수 있기를, 시모노 선배와 사귈 수 있기를, 시모노 선배와 사귈 수 있기를, 시모노 선배와 사귈 수 있기를, 시모노 선배와 사귈 수 있기를, 시모노 선배와 사귈 수 있기를, 시모노 선배와 사귈 수 있기를, 시모노 선배와 사귈 수 있기를, 시모노 선배와 사귈 수 있기를, 시모노 선배와 사귈 수 있기를, 시모노 선배와 사귈 수 있기를, 시모노 선배와 사귈 수 있기를, 시모노 선배와 사귈 수 있기를, 야~! 신! 한 번 정도는 내 소원도 이루어주라고~!"

반응이 없다. 그냥 낡은 신사인 모양이다.

그런 건 나도 알고 있다고.

아, 바보 같기는. 스트레스가 너무 쌓였나?

얼른 점심밥을 사서 현실로 돌아가자.

그러기 전에 귀중한 점심시간을 빼앗아간 신사의 신에게 불평을 늘어놓아 볼까.

"적어도 중학교 시절로 돌려보내 주라고, 멍청아~!"

정신을 차리고 보니 나는 거울 앞에 있었다.

익숙한 친가 세면장에 서서, 긴 앞머리 때문에 시야가 가려진 와중에 촌스러운 내 얼굴을 바라보고 있었다.

어린 티를 벗어나지 못한 이 모습을 보자 부끄러운 와중에도 무슨 일이 일어난 건지 단숨에 이해할 수밖에 없었다.

아, 그래.

나, 진짜 중학교 시절로 돌아왔어!

◆

"랄랄라~."

미용실에서 머리를 예쁘게 다듬은 나는 들뜬 기분으로 거리를 돌아다니고 있었다.

집에 틀어박혀서 동인 만화만 그리던 중학교 시절의 나도 참

대단하다. 외모도 꽤 대단한 상태였다. 용케도 그렇게 앞머리를 길게 길렀는데 아무렇지도 않았구나. 앞이 거의 안 보이는 상태였는데.

"아~, 역시 이 정도 길이가 딱이네. 헤어스타일을 손보니까 중학교 시절의 나도 꽤 봐줄 만하잖아?"

카페 유리에 반사된 내 모습을 보며 무심코 혼잣말을 했다. 아, 안에 있던 사람하고 눈이 마주쳤다. 창피해.

나는 눈을 피하며 고개를 숙이고 걸어가기 시작했다.

아니, 그러면 안 되지. 무슨 일이 생기기만 하면 고개를 숙여 버리는 게 내 안 좋은 버릇이다.

모처럼 처음부터 다시 시작할 기회가 생겼으니 고개를 숙이는 게 아니라 앞을 보는 버릇을 들이자. 그러기 위해 머리카락도 자른 거니까.

──내가 스물다섯 살 4월에서 돌아간 햇수는 13년.

마찬가지로 4월이지만 다른 시대. 열두 살, 중학교 1학년의 봄이다.

타임 리프 같은 믿기 힘든 기적을 얻었으니 내가 할 일은 단 한 가지.

이번에야말로 시모노 선배와 사귈 거야!

돌아온 게 시모노 선배와 인터넷에서 처음 알고 지내게 된 이 시대라는 것도 신이 나를 응원해주고 있기 때문일 게 틀림없다.

실패한 경험을 살려서 계획적으로 움직이는 거야.

그러니 우선 중요한 건 사전 조사.

지금으로부터 2년 뒤 가을. 아마쿠사 미나미 고등학교의 문화제 때 나는 시모노 선배에게 고백한다. 그때 시모노 선배는 이렇게 말했다.

"좋아하는 사람이 따로 있어."

먼저 그 좋아하는 사람이 누군지 알아내야 한다.

그 사실을 알고 있으니 꽤 유리하게 행동할 수 있다. 반대로 말하자면 그 정보가 없었다면 대책을 짤 수도 없었을 테고, 다시 똑같은 역사를 반복하게 되었을 것이다.

그런데 어떻게 시모노 선배가 좋아하는 사람을 알아낼까.

고백했던 문화제 때, 나는 어떤 사람과 알고 지내게 되었다.

시모노 선배의 여동생, 시모노 코후유다.

정말 솔직하고 귀여운 아이였다.

그녀라면 시모노 선배가 좋아하는 사람을 알고 있을지도 모른다.

물론 지금 이 시점에서는 코후유와의 접점이 없으니 우선 그녀에게 다가갈 필요가 있다.

음……, 이 시대에서는 내가 중학교 1학년이니까 코후유는 아직 초등학생인가? 그녀가 다니는 초등학교가 어디인지까지는 모르겠지만, 시모노 선배가 미나미 중학교 출신이었을 테니 미나미 중학교가 소속된 학군의 초등학교를 닥치는 대로 조사하다 보면 코후유와 접촉할 수도 있을 것이다.

뭐, 문화제가 다가올 때까지 아직 2년 반이나 남았으니까.

초조해하지 말고 느긋하게 해나가자.

◆

"으음~, 이 구도는 좀 더 대담하게 할 수 없을까아."

휴일, 내 방.

나는 아침부터 공부용 책상에 앉아 펜을 놀리고 있었다.

펜이라고 해도 G펜, 만화를 그리는 펜이다.

결국 타임 리프를 한 뒤에도 할 일은 동인 만화를 그리는 것 정도밖에 없었고, 첫 번째와 비슷한 중학교 1학년 시절을 보내고 있다.

하지만 십몇 년 정도 경험을 쌓았기에 그림 실력만큼은 늘어서 중학생치고는 꽤 만화를 잘 그리는 것 같다. 중학교 오타쿠 친구들에게도 상당히 호평이다.

아예 어디 잡지 신인상에 보내볼까? 아니, 그래도 내가 그리는 건 꽤 하드한 19금 장르다. 세상에 내놓으려면 코미케가 나으려나? 으음, 그래도 대학교에 들어가면 만화 연구회에서 서클 활동을 할 테니 지금부터 개인 활동을 하면 나중에 골치 아파질 테고.

지금은 취미로 그리면서 오타쿠 친구들끼리 재미있는 시간을 보내는 게 마음도 편하고 좋지.

취미로 그리는 것치고는 펜 선까지 제대로 넣는 게 내가 생각해도 완벽주의 같은 성격 같다는 생각도 들긴 하지만.

그런 와중에 휴대폰에 메일이 한 통 왔다.

시모노 코후유다.

그 이후로 코후유와 접촉할 때까지 결국 반년이나 걸려버렸다. 하지만 노력한 보람이 있었는지 지금은 이렇게 메일을 주고받을 정도로 사이가 좋아졌다. 계획은 착착 진행되고 있다.

메일을 열어보니 더욱 기쁜 내용이 눈에 들어왔다.

『오구리, 오늘 집에 아무도 없으니까 놀러와.』

시모노 선배의 집에 초대를 받았다.

이건 기회다.

집에 가면 자연스럽게 시모노 선배네 가족에 대한 화제를 끌어낼 수 있다. 그런 흐름을 타고 시모노 선배가 좋아하는 사람을 은근슬쩍 떠볼 수 있다. 게다가 아무도 없다면 시모노 선배도 없을 테고. 이미 마론과 세븐나이트로 알고 지내는 지금 단계에서 시모노 선배에게 현실의 내 존재를 알리고 싶진 않다. 코후유와 단둘이 있으면 그럴 걱정도 없으니까.

나는 곧바로 답장을 보내고 선반에서 항상 메고 다니는 가방을 꺼낸 다음 집을 나섰다.

좋았어~! 순조롭다, 순조로워!

◆

"오빠가 좋아하는 사람?"

"응, 맞아!"

처음 가본 시모노 선배의 집은 예쁜 단독주택이었다. 나는 2

층에 있는 코후유의 방으로 가서 즐겁게 수다를 떨다가 타이밍을 봐서 본론을 꺼냈다.

"왜 오구리가 코후유네 오빠가 좋아하는 사람을 알고 싶은 건데?"

코후유는 순수하게 의아하다는 표정을 지으며 나를 보았다.

"저기……, 내가 연애 만화를 그리고 있거든. 남자의 연애 사정이 어떤가 싶어서. 나, 나는 친구 중에 남자가 별로 없고, 오빠나 남동생도 없으니까."

"오구리, 만화도 그려?! 대단하네, 보고 싶어, 보고 싶어!"

"아, 아하하~. 나중에 기회가 생기면. 그런데 어른스러운 연애를 그리고 있으니까 코후유에게는 아직 좀 이를지도 모르겠네~, 아하하하하하."

그런 내용이 담긴 만화를 순진한 초등학생에게 보여줄 수 있을 리가 없다. 어떤 의미로는 연애 만화라고 할 수 있을지도 모르겠지만.

"그렇구나~, 그래도 보고 싶은데~."

"그, 그건 그렇고, 어때? 코후유네 오빠는 좋아하는 사람 있어?"

"으음……, 좋아하는지 어떤지는 모르겠는데, 어렸을 때부터 계속 사이좋게 지낸 사람이면 나오 언니려나."

"나오 언니?"

"응! 오빠하고 동갑인 언니. 엄마들끼리 사이가 좋아서 어렸을 때부터 항상 같이 놀았어. 요즘은 코후유하고 잘 놀지 않게 되어버렸는데, 오빠랑은 지금도 사이좋게 지내는 것 같아!"

"……그렇구나. 성이 뭔지는 알아?"

"나카츠가와야."

"나카츠가와 나오 씨……구나. 고마워, 코후유."

"오구리의 만화에 도움이 되면 좋겠네!"

티 없는 미소가 눈부시다. 왠지 나쁜 짓을 하는 것 같은 기분이지만, 이것도 만화를 위해서다. 어느 정도 더러워지긴 하겠지만, 시모노 선배와 사귀기 위해서라면 악마라도 연기해내겠어!

망상을 정말 좋아하는 내가 아침 드라마처럼 혼자 들떠 있자니 바깥에 있는 스피커에서 저녁을 알리는 멜로디가 흘러나왔다. 시계를 보니 17시. 슬슬 시모노 선배가 돌아올지도 모르겠다.

"코후유, 난 이제 가볼게."

"어~? 좀 더 있다가 가! 오구리!"

"너무 늦게 가면 혼날지도 모르니까, 미안해."

"으으……, 알았어."

정말로 솔직하고 귀여운 애다.

작별인사를 하고 현관을 나섰다.

배웅나온 코후유가 보이지 않게 되자 나는 승리 포즈를 취했다.

나카츠가와 나오 씨……, 이른바 시모노 선배의 소꿉친구.

시모노 선배가 좋아하는 사람은 그녀가 틀림없을 것이다. 소꿉친구니까. 소꿉친구는 히로인 중에서도 강한 법이다. 그리고 메인 히로인에게 패배하는 것 또한 소꿉친구의 숙명! 메인 히로인은 물론 나야! 타임 리프까지 했으니 아무리 생각해도 내가 메인 히로인인 게 분명하지. 다시 말해 나카츠가와 나오 씨와 시모노 선배 사이를 방해할 수만 있다면 문화제 고백 성공에 바짝 다가갈 수 있는 것이다.

설마 계획이 이렇게 순조롭게 진행될 줄이야.

할 수 있어. 이렇게만 하면 할 수 있어! 혹시 나, 스파이 쪽에 재능이 있나?!

나중에 CIA 같은 곳에 스카웃될지도 모르겠네!

관리회사에 다니던 사실을 완전히 잊은 채 들떠있다가 한 가지 더 잊고 온 게 있다는 사실을 눈치챘다.

"아, 가방."

이상하게 등이 가볍다 싶더니, 애용하는 가방을 코후유 방에 두고 왔구나. 뭐, 딱히 대단한 게 들어있진 않지만.

지갑하고 손거울, 립크림, 그리고 저번에 친구에게 보여준 원고하고 자잘한 물건들을 담아둔 파우치. 그런 것들뿐이다.

원고?!

마, 맞다. 그 안에는 내 동인 만화 원고가 들어있는데……!

"큰일이야!!"

나는 재빨리 시모노 선배의 집으로 돌아갔다. 도착하자마자 인터폰을 연타했다.

하지만 반응이 없었다. 기분 나쁜 예감이 들어서 현관문에 손을 댔다. 열려있다. 불법 침입이지만, 에잇, 긴급 사태다. 상관없어!

후다닥 계단을 뛰어 올라가 내가 좀 전까지 있었던 코후유의 방문을 힘차게 열었다.

"코후유!"

"아, 오구리."

공부용 책상에 앉아있던 코후유가 이쪽을 보았다.

그 손에는……, 다발로 묶인 원고 용지.

"호, 혹시, 그거 봤어?"

"응! 오구리는 만화를 잘 그리네!"

오우.

"어디까지 봤어?"

"전부!"

노!!

"있지~, 있지~, 오구리. 왜 이 여자는 채찍으로 남자를 때리는 거야?"

"저기……."

"그리고 왜 남자는 여자한테 맞거나 발로 밟히면서도 기뻐하는 표정을 짓고 있는 거야?"

"그건……."

"왜 여자가 남자를 돼지라고 부르는 거야?"

"아하하……, 왜 그럴까."

"왜 남자가 여자를 여왕님이라고 부르는 거야?"

"이제 그만해! 너무 부끄러워서 죽어버릴 것 같아!"

그렇다, 내가 그리는 동인 만화는 완전히 SM물이었다!

딱히 나 자신이 S기가 있는 여자인 건 아니다. 굳이 말하자면 상하 관계 그 자체에서 모에 요소를 찾아낸 것뿐이고, 아, 어찌 됐든 변태라는 건 마찬가지잖아! 그래도 사람은 누구나 개인적인 취향이나 기호가 있는 법 아니야?! 혼자서 몰래 즐기기만 하면 상관없잖아!

그렇다. 혼자서 즐기는 건 세이프지만, 여자 초등학생에게 보여주는 건 아웃이었다.

"코후유, 이 여왕님, 왠지 엄청 멋있는 것 같아!"

"……뭐?!"

"짜악짜악, 남자를 때리는 게 즐거워 보여! 그리고 맞으면서 기뻐하는 사람도 귀여워!"

"무, 무슨 소릴 하는 거야, 코후유? 이런 건 바람직하지 못한 건데."

"저기~, 저기~, 여왕님은 보통 알몸이야?"

"으아아아아! 오리지널 요소는 건드리지 말아줘어어어어어."

보통 여왕님은 본디지를 입는 법이겠지만, 쓸데없는 고집을 부렸기에 내 만화에 나오는 여왕님은 다들 알몸이다. 참고로 그 요소가 이쪽 친구들에게 반응이 꽤 좋다. 아니, 이런 말을 하고 있을 때가 아니잖아!

"코후유도 이런 여왕님이 될 수 있게끔 노력할게!"

"노력하지 않아도 돼!"

"역시 오구리는 대단하네~. 오구리는 코후유의 스승님이야!"

아아, 뭔가 터무니없는 역사 개변을 해버린 것 같은 느낌이 든다.

죄송합니다, 시모노 선배.

◆

　계획은 제2단계로 이행.

　나는 그 뒤 미나미 중학교에 달라붙어서 시모노 선배의 동향을 체크했다. 그러다가 나카츠가와 나오 씨로 보이는 사람을 확인했다. 그리고 약 두 달 동안 두 사람의 모습을 관찰하며 관계를 철저하게 조사했다.

　그러면서 알아낸 것은 시모노 선배가 나카츠가와 나오 씨를 남자인 친구처럼 대한다는 것이었다. 때로는 '남자 같은 여자'라는 식으로 여자애에게는 꽤 신랄한 말도 하곤 했다. 물론 나카츠가와 나오 씨는 농담이라는 걸 알고 있어서 그런지 화를 내면서도 매번 미소를 짓고 있었다. 소꿉친구의 신뢰 관계 덕분이기도 할 것이다.

　하지만 사랑이 담긴 놀림도 본인이 없는 곳에서 한다면 이야기가 달라진다. 똑같은 말도 뒤에서 하면 곧바로 악의가 생기게 되고, 사람들은 그것을 험담이라고 부른다.

　그래서 나는 생각했다.

　이야기를 꾸며내서 시모노 선배가 뒤에서도 나카츠가와 나오 씨의 험담을 하고 다닌다고 그녀에게 직접 말해주면 두 사람의 관계가 틀어질 게 분명하다.

　시모노 선배와 사귀기 위해 시모노 선배 본인을 이용하다니, 아, 나는 정말 나쁜 여자. 하지만 이것도 목적을 위해서니까.

소악마 같은 오구리를 용서해 주세요, 신이시여…….

항상 그랬듯이 마음속으로 멜로드라마를 찍었다. 지금 있는 곳은 역 앞에 있는 햄버거 가게.

2층 1인용 테이블에 앉아있는 내 옆에서 나카츠가와 나오 씨가 혼자서 감자튀김을 집어 먹고 있다.

두 달 동안 추적한 끝에 나카츠가와 나오 씨가 혼자 있는 모습을 겨우 발견할 수 있었다.

이런 기회가 또 있을 것 같지는 않다.

원래 나는 낯을 많이 가리고 다른 사람과 커뮤니케이션을 하는 게 서투르지만, 이래 봬도 몇 년 동안 사회를 경험했다. 중학교 시절과 비교하면 어느 정도 성장을 했을 것이다.

좋았어, 가자, 오구리.

"저, 저기. 나카츠가와 나오 씨……죠?"

나는 옆을 보고 말했다.

"응, 맞아~!"

대단하네~! 모르는 사람이 말을 걸었는데 곧바로 대답했어! 이게 선천적으로 밝은 사람인가!

"저, 저는……, 우시키 오구리라고 해요."

아니, 왜 자기소개를 하고 있는 건데. 딱히 이름을 밝힐 필요는 없잖아. 오히려 내 존재를 알게 되면 나중에 나와 시모노 선배의 관계에도 영향이 생기게 되잖아.

"그럼 오구오구네. 잘 부탁해!"

아, 정말, 인싸의 텐션이 너무 미지의 영역이라 머리가 망가

질 것 같아! 벌써 별명이 생겼어! 이름을 댄 걸 계속 생각하고 있을 때가 아니다. 방심하다가는 완전히 상대방의 페이스에 말려들어서 아무것도 못 하고 끝나버릴 테니까.

"오구오구는 니시 중학교 학생이네~."

"어? 어떻게 아셨나요."

"그야 교복을 보면 알지."

"아, 그렇구나."

"아하하~, 오구오구는 덜렁이네~. 몇 학년?"

"1학년……, 이에요."

"그럼, 한 살 아래네."

"네……."

왜 내가 먼저 말을 걸었는데 상대방이 대화를 이끌어가고 있는 거야?!

"그런데 무슨 일이야~? 나한테 무슨 볼일 있어?"

좋았어! 나이스 어시스트야, 나카츠가와 나오 씨! 이렇게 된 이상 적이 어시스트해줬다는 건 신경 쓰지 않을 거야!

"저기, 나카츠가와 나오 씨는……."

"아하하~! 왜 풀 네임으로 부르는데~? 나오라고 불러도 돼~."

"아, 그럼, 나오 선배는 남자들 중에 사이좋은 친구가 있죠? 저기, 항상 같이 있고, 단발에 프레리도그처럼 생긴."

"나나야 말이야?"

"네! 아마 그분일 거예요. 네!"

좋아, 겨우 시모노 선배 이야기를 꺼냈다.

"나나야가 왜?"

"저, 그 사람이 뒤에서 나오 선배에 대해 남자 같은 여자라고 말하는 걸 들어버렸거든요. 본인 앞에서 그러면 농담일지도 모르겠지만, 뒤에서 말하는 건 최악이다 싶어서요."

죄송합니다, 시모노 선배. 그런 생각 안 해요. 애초에 뒤에서 그런 말도 안 하셨고요.

"뭐라고~! 나나야 주제에 건방지네~!"

"맞아요! 맞아요! 그런 남자와는 사이좋게 지내지 않는 편이⋯⋯."

"그 녀석이 다시 보게 하려면 뭐가 필요하려나~. 오구오구는 내게 여자애로서 뭐가 부족한 것 같아?"

"네? 저, 저기, 나오 선배는 귀엽고 밝으시니까 부족한 부분 같은 건 없을 것 같은데요."

"정말, 오구오구는 귀엽네! 난 오구오구를 좋아하게 되어버렸어!"

빨라! 좀 전까지 전혀 모르던 사람이었는데 너무 빨리 좋아하게 됐잖아!

"아니, 그게 아니라, 나오 선배에게는 원인이 없으니까 그냥 그 남자분하고 거리를 두는 게 좋을 것 같다는 생각이 들거든요."

"으음~, 역시 가슴인가⋯⋯."

"네⋯⋯?"

"엄마하고 비교하면 가슴이 작은 것 같긴 하단 말이지. 두 사이즈 정도 커지지 않으려나아."

263

나오 선배가 자기 가슴을 두 손으로 들어 올리며 말했다. 아니, 두 손으로 들어 올릴 수 있는 시점에서 중학생치고는 충분히 큰 것 같은데…….

"좋았어, 가슴을 크게 만들어서 나나야가 다시 보게 해야지! 그리고 거유를 이용해서 돈을 뜯어내 줄 거야!"

"네에?!"

"한 번 만지는데 500엔!"

"싸네!"

"그럼 무제한 만지기로 5000엔에 할까?"

"그런 문제가 아니에요!"

헉……, 아차. 완전히 그녀의 페이스에 휘말렸다.

왜 이런 방향으로 가는 건데.

"인터넷으로 바스트업 방법을 조사해볼게. 오구오구도 같이 해서 가슴을 크게 만들자."

"네에에에에에?! 저도요?!"

"물론이지! 같이 그라비아 데뷔하자~!"

"사, 사양할게요~!"

나는 도망치듯이 그곳을 떠났다.

정말, 코후유 때도 그렇고 어째서 이렇게 되는 거야~!

◆

그로부터 반년 이상이 지나자 나는 중학교 2학년으로 진급했다.

지금도 틈만 나면 미나미 중학교에 가서 시모노 선배와 나오 선배를 관찰하고 있는데…….

두 사람의 관계가 악화될 낌새는 전혀 보이지 않았다.

그야 그날 나오 선배의 태도를 보면 굳이 예상할 필요도 없는 결말이었지만.

아니, 진짜로 나오 선배의 가슴이 약간 커진 것 같은 느낌이 든다.

이대로 가다가는 고등학생이 될 무렵에는 정말로 그라비아 데뷔가 가능한 몸매가 될 것 같다. 무시무시한 나카츠가와 나오.

그런 것보다 계획이 제대로 진행되고 있지 않은 현실을 살펴봐야지.

대체 어떻게 해야 할까.

그렇게 고민하며 모교인 니시 중학교 복도를 걸어가다 보니 눈앞에 커다란 그림자가 나타났다. 너무 갑작스러웠기에 나는 대처하지 못했고, 그대로 큼직한 몸에 얼굴이 부딪혔다.

"오, 미안해, 괜찮아?"

상대방은 꿈쩍도 하지 않은 듯, 큰 키를 숙여서 내 얼굴을 들여다보았다.

"괜찮아요. 죄송합니다. 제가 앞을 보지 않아서."

"아니, 괜찮다면 다행이고."

그 사람은 그렇게 말하고 다시 복도를 걸어가기 시작했다. 흑발에 키가 정말 큰 남자. 실내화 색이 노란색이다. 노란색이 3학년이었던가?

"어디선가 본 적이 있는 것 같은데."

걸어가는 뒷모습을 바라보며 나는 턱을 손가락으로 쓰다듬었다.

으음~, 그래도 3학년에 아는 사람은 없었을 테고……. 한 살 위면 시모노 선배하고 동갑인가?

아! 시모노 선배하고 같은 학년!

타도코로 오니키치!

그래, 틀림없어. 시모노 선배의 친구, 아마쿠사 미나미 고등학교의 타도코로 선배다. 오프라인 모임 이후로 문화제 때까지 몇 번이나 시모노 선배에게 데이트를 하자고 꼬시려 했지만, 저 사람이 항상 시모노 선배에게 달라붙어 있어서 좀처럼 그럴 수가 없었다. 겨우 꼬셔서 도쿄 타워로 데이트를 하러 갔을 때도 따라오려 했다. 그건 어찌어찌 막긴 했지만.

시모노 선배하고 너무 사이가 좋길래 같은 미나미 중학교 출신인 줄 알았는데, 니시 중학교 출신이었구나. 그럼 뭐야, 고등학교에 입학한 뒤에 사이좋게 지내게 된 건가? 어지간히 마음이 잘 맞았나 보네.

……잠깐만, 애초에 저 사람이 있었기 때문에 내가 시모노 선배에게 좀처럼 대시하지 못했고, 그래서 차인 건 아닐까?

시모노 선배에게 좋아하는 사람이 있다 해도 내가 팍팍 어필했다면 결과가 달라졌을지도 모른다. 뭐, 그런 건 증명할 방법도 없고 해봐야 알 수 있는 이야기지만, 그럼 해보면 된다.

다시 처음부터 시작할 기회, 내가 가장 먼저 해야 할 일은 시모노 선배에게 대시하는 것이었다.

그러기 위해서는 장애물이 될 만할 것들을 제거해두어야 한다.

다음 계획이 결정되었다.

타도코로 선배와 시모노 선배가 사이좋게 지내는 미래를 바꾼다!

◆

계획은 단순했다.

타도코로 선배가 고등학교 2학년 무렵부터 갸루남이 되었다는 사실은 알고 있다. 좁은 지역이니 눈에 띄는 학생의 정보는 다른 학교에도 퍼지기 마련이다.

그리고 시모노 선배는 갸루남처럼 팍팍 들이대는 인싸는 껄끄러워할 것이다. 시모노 선배는 굳이 말하자면 나와 비슷한 사람이니 알 수 있다. 그리고 나는 갸루남을 싫어하니까!

그런 시모노 선배가 타도코로 선배와 사이좋게 지내는 건 그냥 처음 만났을 때 갸루남이 아니었기 때문이다.

그럼 애초에 갸루남이었다면 어떨까?

고등학교에 입학했을 때부터 이미 팍팍 껄렁대고 까불어대는 갈색 머리 오니키치!

할 수 있어! 절대 사이좋게 지내지 않을 거야! 시모노 선배 스케줄 올 프리! 내가 마음껏 꼬실 수 있어! 커플 성립! 감사함다~!

"후후후후. 내가 생각해도 나 자신이 너무 악녀라 무섭네."

나는 이른 아침 학교 건물 입구에서 타도코로 선배의 이름을 찾고 있었다. 3학년 신발장을 꼼꼼하게 체크했다.

"여기 있다!"

그리고 찾아낸 그의 신발장 안에 어떤 잡지를 넣었다. 금발에 선탠을 한 남자가 표지를 장식한 잡지.

멘즈 에그다!

내가 스물다섯 살이었던 타임 리프를 하기 전 시대에는 이미 폐간되어버렸지만, 지금 이 시대에는 모두가 아는 갸루남 잡지의 대명사다.

애초에 갸루남이 될 만한 소질이 있다면 그걸 약간 일찌감치 이끌어 내주면 된다.

이 잡지를 읽고 얼른 갸루남이 얼마나 멋진지 깨달으라고, 타도코로 선배. 후후후, 어떻게 될지 기대되네.

그 이후로 나는 멘즈 에그말고도 갸루남이 좋아할 만한 패션 잡지를 매주 타도코로 선배의 신발장에 넣어두었다.

그 기간은 약 다섯 달.

다섯 달 동안에 매주 빼먹지 않고 잡지를 계속 넣어둔 것이다.

용돈은 거의 다 잡지를 사는데 투자했다.

그리고 이 노력이 언젠가 결실을 맺을 거라 믿으며 나는 오늘도 아무도 없는 이른 아침 학교 건물 입구에서 타도코로 선배의 신발장에 잡지를 넣고 있었다.

"휴우~, 오늘도 멘즈 에그를 보실 날이에요. 최신호니까 숙독하세요, 타도코로 선배."

"이예이~, 이예이~, 기대되네~!"

타도코로 선배의 손이 신발장 쪽으로 뻗어서 방금 넣었던 멘즈 에그를 잡았다.

"아, 바로 읽으시려는 거군요……, 아니, 으에에엑! 타도코로 선배!"

"항상 잡지를 넣어주던 사람이 너였구나~. 오니는 감사 감격이라고, 히어 위!"

갈색 머리 타도코로 오니키치가 내 앞에 서 있었다.

"아니, 갸루남이 됐어!"

"그렇습니다~! 오니는 갸루남으로 각성했습니다, 이예이~!"

앗싸~! 계획대로!

아니, 기뻐할 때가 아니야! 내가 잡지를 넣은 범인이라는 걸 들켰어!

"음, 우시키 오구리……구나."

"어떻게 제 이름을?!"

"아니, 가방 옆에 이름표가 있는데."

"앗!"

그랬지. 중학교 시절의 나는 뭐든지 내 물건에 이름을 써두는 착실한 아이였다.

"그런데 오구찌는 왜 나한테 잡지를 준 거야?"

"오구찌?!"

"그래~! 오구찌는 내게 갸루남이 얼마나 멋진 건지 가르쳐줬으니까. 이미 친구야!"

뭔가 루피 같은 소리를 하고 있어! 설마 시모노 선배보다 먼저 내가 친구로 인정받다니…….

일단 적당히 대답해 두자.

"저, 저기……, 타도코로 선배가 이런 걸 좋아하려나~, 싶어서요."

"대단하네~! 오구찌는 예언자구나?! 정말 좋아하게 되었다고, 히어 위!"

히어 위라고 할 거면 고까지 말하라고.

아니, 또 시모노 선배랑 상관있는 사람하고 접점을 만들어버렸네……!

"그, 그런데, 이제 용돈이 없으니까 오늘로 그만둘 거예요. 멋대로 행동해서 죄송합니다~!"

"아, 오구찌? 이봐~, 오구찌~, 어디 가는데~!"

아, 나는 어째서 이렇게 실수만 하는 걸까!

나는 나오 선배 때와 마찬가지로 다시 뛰어서 그곳을 떠나갔다.

◆

정신을 차리고 보니 타임 리프를 한 지 벌써 2년이 지났다.

중학교 3학년.

올해 9월에는 오프라인 모임이 있고, 10월에는 아마쿠사 미나미 고등학교의 문화제가 기다리고 있다.

지금까지 할 수 있는 일들을 전부 해 왔다.

코후유에게 좋아하는 사람의 정보를 듣고.

나오 선배에게 불화의 씨앗을 뿌리고.

타도코로 선배라는 불안분자를 제거하기 위해 용돈과 오랜 시간을 투자했다.

그럼에도 불구하고!

아마쿠사 고등학교로 정찰을 가 보니 고등학교에 진학한 뒤에도 나오 선배와 시모노 선배의 관계는 악화되지 않았다.

타도코로 선배와도 여전히 친구가 되었다.

바뀐 것은 코후유가 내 동인 만화의 영향으로 SM에 빠진 것. 나오 선배의 가슴이 본인 말대로 두 사이즈 정도 커진 것. 타도코로 선배가 일찌감치 갸루남이 된 것.

그리고 쓸데없이 세 사람과 내가 아는 관계가 되어버린 것.

시모노 선배와 관련된 역사에는 아무런 영향도 미치지 못했다.

젠장~!

계획이 순조롭게 진행되고 있는 줄 알았는데.

결과가 전혀 뒷받침되지 않았기에, 나는 자포자기하며 귀중한 중학교 3학년의 청춘 시간을 만화 제작과 온라인 게임에만 낭비하며 허무하게 보내버렸다.

타임 리프까지 해놓고 난 대체 뭐 하고 있는 거지?

하지만 시간은 기다려주지 않는다. 세월은 계속 흘러서.

운명의 2학기를 맞이한 것이다.

오늘은 오프라인 모임 날. 집합 장소인 노래방에서 나는 조용히 시계를 바라보며 앉아 있었다.

계속 이래선 안 된다.

주머니에 넣어둔 딸기맛 사탕을 쥐고 새삼 결의를 다졌다.

승부는 지금부터라고.

예전의 나와는 다르다. 머리카락도 예쁘게 다듬었다. 고개를 숙이는 버릇도 꽤 개선되었다.

이렇게 된 이상, 이제 마구 밀어붙일 뿐이다.

약속 시간까지 5분. 오지 않은 건 시모노 선배 뿐.

첫인상은 매우 중요하다. 시모노 선배가 도착하면 곧바로 그의 곁으로 가서 밝게 인사해야지.

이름하여 까릇까릇 울트라 스타트 대시 작전이다.

철컥.

"안녕하세요~."

———왔다!

간다! 일어서서 입구를 향해 뛰어갔다.

"처, 처음 뵙겠습니다! 세븐나이트 님! 저, 마론이에요!"

나는 방긋 웃으며 그에게 인사했다.

아아, 항상 몰래 바라보던 시모노 선배가 또다시 이렇게 가까운 곳에. 정겹다.

"저, 저, 저기, 저, 세븐나이트 님을 만나는 걸 정말 기대하고……."

그렇게 말했을 때, 시모노 선배 뒤에 두 그림자가 드리웠다.

누군가가 있는데?!

"누……, 누구시죠……?"

어? 이게 뭐지? 어떻게 된 거야? 영문을 모르겠네. 왜 모르는 사람이 있는 거지?

"이예이~. 비와야~. 잘 부탁해~."

아니, 그러니까 누구냐고!

"아, 비와코 양, 안녕. 다른 사람들에게는 말하지 않았었는데, 세븐나이트 님의 친구도 참가하게 되었거든. 진짜~, 대단한 사람이라 말이지. 나도 금방 사이좋게 지내게 되었어."

단장님이 말했다.

"네에~, 네에~, 그런 거야~."

뭐어?! 그게 뭔데! 아니, 이거 오프라인 모임이잖아?! 어째서 오프라인 모임에 외부인을 부른 건데?! 바보야? 멍청이야? 죽을래?!

내가 당황하고 있자니 시모노 선배 뒤에 숨어있던 또 다른 여자 한 명이 고개를 쏘옥 내밀었다.

"저, 저기……, 카미조 토우카라고 합니다. 저도 참가하게 되어버렸는데 괜찮을까요."

시간이 멈췄다.

카미조……, 과장님!

디 오텀 상사의 카미조 과장님이 어째서 여기에……?

아니, 잠깐만. 카미조 과장님도 분명 아마쿠사 미나미 고등학교 출신이었지. 그렇다면 시모노 선배하고 원래 아는 사이였나……? 하지만 그런 역사는 내 기억에 없다. 애초에 이 오프라인 모임에 카미조 과장님이나 이렇게 이해가 잘 안 되는 갸루가 오지는 않았을 것이다. 아니, 진짜로 이 갸루는 너무 정체불명이라 무섭다.

"다, 단장님, 저는 그런 말 못 들었는데요! 파티 사람들끼리만 모이는 줄 알았어요! 아니, 오프라인 모임은 보통 그런 거 아닌가요?! 안 그래도 첫 오프라인 모임이라 다들 처음 만나는 자리인데!"

나는 혼란스러운 머리를 어떻게든 정리하며 단장님에게 따졌다.

"뭐, 괜찮잖아. 마론 님 말대로 다들 처음 만난 사이이니까 사람이 늘어나도 마찬가지지. 즐기자고."

아~, 그랬지. 이 사람은 이런 사람이었지. 섬세한 구석이 요만큼도 없는 남자!

안 되겠다. 이 흐름을 막는 건 불가능하다.

일단 마음을 차분하게 가라앉히고 생각하자.

나는 원래 있던 자리로 돌아가 머리를 감쌌다.

그런 모습을 보고 가엾다고 생각한 건지 시모노 선배가 미안하다는 듯이 이쪽을 보고 있었다.

네, 맞아요.

저는 타임 리프를 한 이후로 계속 가엾었다고요, 시모노 선배.

이런 말을 해봤자 그는 이해하지 못할 것이다.

아무튼 이 예상하지 못한 역사 개변에 대해 정리할 필요가 있다. 고찰은 내 특기 분야다.

"있지~, 있지~, 미팅 기대되네~."

갸루가 내 옆에 앉아서 말했다.

"네, 네에⋯⋯."

시끄러워! 지금 생각하고 있단 말이야! 특히 당신이 제일 수수께끼라고! 아니, 미팅은 뭔데! 미팅이 아니라 오프라인 모임이라고!

이 갸루는 진짜로 정체가 뭐지? 뭔가 헤치마 님의 반응을 보니 꽤 유명한 것 같은데, 카미조 과장님 소문은 들었지만 이 갸루 소문은 못 들었다. 모른다고 해야 하나, 무의식적으로 정보를 차단했을 뿐인지도 모르겠지만. 갸루는 싫어하니까.

음……, 갸루라고 하니 타도코로 선배……. 혹시 내가 타도코로 선배의 갸루남화를 앞당긴 탓에 이 갸루하고 시모노 선배가 알고 지내는 관계가 된 건가? 갸루들의 커뮤니티는 넓으니까…….

이른바 나비 효과라는 건가…….

아니, 진짜 그런 건가? 나비 효과라는 건 작은 변화가 파도처럼 퍼져가서 나중에는 큰 변화를 불러일으키는 것이다. 타임 리프물 작품에도 가끔씩 비유적으로 쓰는 표현이긴 하지만, 내가 고의로 일으킨 역사 개변이 이렇게 짧은 기간 만에 내가 전혀 알지 못하는 미래를 만들 정도의 변화를 가져다줄 수 있을까? 정작 중요한 내 목적 자체는 실패로 끝나버렸다. 그 정도로 간접적인 역사 개변은 힘든데도 불구하고 이렇게 미래가 바뀌었으니 이미 나비 효과의 범주를 넘어선 것 아닐까?

그야말로 고의로 역사를 움직이려 하는 의지가 없는 한…….

"음료수 주문할까요? 제가 주문할 테니 마실 것들 이야기해주세요."

카미조 과장이 말했다.

그러자 시모노 선배가 대답했다.

"과장님, 괜찮아요, 제가 할 테니까."

"인터폰에서 가장 가까운 자리에 앉혀놓고 무슨 소릴 하는 거야. 됐어, 내가 할 테니까."

"죄, 죄송합니다."

그리고 모두에게 메뉴를 들은 다음 카미조 과장님이 음료수를 주문했다.

별것 아닌 선후배 사이의 대화.

하지만 단 한 가지, 위화감이 들었다.

———과장님?

방금 시모노 선배가 카미조 과장을 분명히 '과장님'이라고 불렀다.

그런 우연이 있을 수 있나?

개변된 새로운 역사 속에서 알고 지내게 되었을 카미조 과장을 마치 미래를 예측한 것처럼 '과장님'이라고 부른다.

그런 우연이 일어날 확률보다 좀 더 현실적인 가설이 있지 않을까.

고의로 역사를 움직이려 하는 의지.

만약에……, 만약에 시모노 선배가 타임 리프를 했다면 이렇게 큰 변화가 일어난 것도 설명이 된다.

그리고 시모노 선배의 '과장님'이라는 말을 받아들인 그녀.

카미조 토우카도 타임 리프를 했을 가능성이 있다.

◆

내가 세운 가설은 어디까지나 가능성 중 하나에 불과하다.

예를 들어 만약 두 사람이 타임 리프를 했다면 내가 일으킨 역사 개변을 눈치채지 못했을까. 코후유, 나오 선배, 타도코로 선배, 가까운 사람들 중 세 명이나 크게 변했다. 아, 머리카락을 잘랐으니까 나도 변했구나. 그렇게까지 변했으니 이상하다고 생각할 텐데. 그런 부분을 추적하다 보면 좀 더 일찍 내 존재를 알게 되었다 해도 이상할 게 없다. 나는 그 정도의 관계를 그 세 사람과 가지게 되어버렸으니까.

하지만 나는 고찰을 정말 좋아하는 고찰병 환자니까 그렇게까지 생각하는 거고, 타임 리프 같은 초자연적 현상은 누구에게나 미지의 영역이다. 타임 리프는 원래 그런 법이라고 생각해버리면 나처럼 이것저것 따지지 않을지도 모르겠다.

뭐, 그렇게 어느 쪽이든 설명이 되는 요소가 있기에 정보가 부족한 지금 단계에서는 두 사람이 타임 리프를 했을 거라고 단정 짓는 것은 아직 조금 이르다.

경솔한 생각이지만 솔직히 나는 내 가설을 꽤 굳게 믿고 있다. 가설이 올바른지 아닌지의 여부가 지금부터 내가 할 행동에 크게 영향을 미치리라는 것은 분명하다.

왜냐하면 두 사람이 타임 리프를 했다면, 어느 한쪽이 상대방을 좋아하고 있을 가능성이 크기 때문이다. 내가 타임 리프를 한 계기도 짝사랑하는 마음 때문이니까.

계속 나오 선배를 봐 왔지만, 아무래도 시모노 선배가 그녀를 좋아하는 것 같지는 않았다. 만약 시모노 선배가 좋아하는 사람이 카미조 과장님이라면……, 이것저것 납득이 된다.

물론 반대로 카미조 과장님이 시모노 선배를 좋아한다는 가능성도 있다.

그리고 가장 무서운 것은 양쪽 모두……라는 가설.

그 가설이 맞다는 전제로 움직이며 떠볼 필요가 있을 것 같다.

그리고 그 기회가 금방 왔다. 카미조 과장님이 화장실에 가기 위해 자리를 비웠다. 떠보려면 따로따로 떠보는 게 좋다. 나는 곧바로 따라갔다.

화장실에 도착하자 세면대에서 손을 씻고 있던 카미조 과장님의 뒷모습을 발견했다. 그건 그렇고 이 사람은 뒷모습도 예쁘네.

"카미조 토우카 씨……, 시죠?"

나는 카미조 과장님에게 말을 걸었다.

"저를 알고 계신가요?"

그녀가 대답했다.

그야 당신은 이 시대에서도, 11년 뒤에도 유명하니까요.

나는 교묘하게 이야기를 이어나가며 핵심에 접근했다.

"저기, 카미조 씨는 세븐나이트 님하고 친구신가요?"

"그래, 학년은 다르지만 친구야."

그런 역사는 없었을 텐데 말이지.

"언제부터요?"

"음……, 최근……이려나."

최근……, 그녀도 타임 리프를 했다고 치고, 그 시기는 1년 이 내인가……, 아니, 좀 더 짧을 것이다. 안 그랬으면 이런 대답을 하진 않았을 테니까.

나는 그 이전부터 타임 리프를 해서 더 오랫동안 계획을 진행해 왔는데.

최근에 타임 리프를 해 온 사람이 내 계획을 방해한다는 건가…….

"저는……."

"응?"

"저는……, 훨, 훨씬 전부터 세븐나이트 님하고 친구였어요."

그렇다, 나는 훨씬 전부터, 카미조 과장님보다 훨씬 전부터 시모노 선배를 쫓아왔다.

그런데 갑자기 툭 튀어나온 타임 리프에게 질 수는 없다.

갑툭리프 따위에게 지진 않을 거니까!

◆

"그렇게 뭐……, 90퍼센트 정도 확률로 당신이 타임 리프를 했다고 예상하고 있었는데요———."

은행나무 아래에서 나는 홀로 서 있던 카미조 과장님에게 말했다.

처음으로 딸기맛 사탕을 빨아 먹으면서.

그녀를 보니 알아보기 쉽게도 눈을 동그랗게 뜨며 경악한 표정을 드러내고 있었다.

"지금 그 표정을 보니 100퍼센트의 확신으로 바뀌었네요."

그녀가 시모노 선배를 좋아한다는 건 이미 알고 있다.

"우시키 양도⋯⋯?"

"후후후, 맞아요. 저는 당신보다 훨씬 전에 타임 리프를 했어요. 2년 반이에요. 2년 반이라고요! 그런 제가 당신 같은 갑툭리프에게 질 리가 없죠!"

"갑툭리프가 뭔데?!"

"당연히 갑자기 툭 튀어나온 타임 리프라는 뜻이죠! 아니, 결국 마지막까지 사콘지 선배의 정체를 알 수가 없었다고요! 대체 그 사람은 뭔데요! 진짜로 너무 미지의 영역이라 무섭다고요! 그 사람 때문에 도쿄 타워에도 못 갔고! 저기요! 카미조 과장님! 사콘지 선배는 대체 정체가 뭐죠!"

"그⋯⋯, 그게, 비와코는⋯⋯, 카리스마 갸루?"

"맞아요! 어째서 그런 갸루가 시모노 선배하고 사이좋게 지내는 건데요! 제 계획을 완전히 헤집어놓고! 어? 혹시 시모노 선배가 좋아하는 게 이 사람인가? 싶어서 생각에도 쓸데없이 방해가 되고⋯⋯, 콜록, 콜록! 으엑, 사탕을 삼켜버렸어~! 우웨에에엑!"

"우⋯⋯, 우시키 양, 괜찮아?"

"아무튼!"

나는 연적을 똑바로 노려보았다.

"당신 마음대로는 안 될 거예요! 카미조 과장님!"

반드시 두 사람 사이를 방해해주겠어!

◆

"어라……, 이상하네. 오구리가 과장님이 옥상에 있다고 해서 왔는데……, 아무도 없잖아."

오구리에게 고백을 받은 다음, 나는 곧바로 옥상에 와 있었다.

그렇게 혼잡하던 옥상은 이미 텅 비어 있었고, 혼자 멍하니 서 있던 내게 쓸쓸한 가을바람이 불어왔다.

옥상 부속 건물 뒤쪽을 보니 곤돌라가 치워져 있었다. 아마 사람이 너무 많이 와서 혼란스러운 상황이 되었기에 문화제 실행위원이 해체한 모양이다.

과장님……, 대체 무슨 이야기를 하려던 걸까.

나는 과장님에게 받은 야마데 군 열쇠고리를 들고 바라보았다.

두 번째일 텐데도 내가 알지 못하는 일만 일어나고, 앞날이 예상되지 않는 문화제.

한 가지 알게 된 게 있다고 한다면.

──우시키 오구리가 타임 리프를 했다는 사실뿐이다.

후기

　안녕하세요, 토쿠야마 긴지로입니다. 3권쯤 되니 꽤 익숙해지긴 했습니다만, 이 작품을 집필하는데 있어서 가장 곤란한 것이 '11년 전은 어땠지?'라는 점입니다.

　뭐, 픽션이기도 하고, 독자 여러분께서 읽는 시점도 책이 간행된 뒤로 몇 년이 지난 상황일 수도 있으니 그렇게까지 엄밀하게 시대의 정합성을 추구할 필요가 있나라고 생각하면 '으음~, 뭐, 괜찮겠지!'라고 낙관적으로 보고 싶은 마음도 들기도 합니다만, 역시 현대물을 쓰고 있는 이상, 어느 정도 리얼리티가 없으면 감정을 이입하기 힘들 것 같아서 건방진 작가 정신 같을 것을 품으며 나름대로 노력하고 있습니다.

　11년 전에는 내가 몇 살 때였으니까, 어디에 살았고, 뭘 좋아했고, 이런 게 유행했고……, 그렇게 생각을 해보거나, 인터넷으로 상품의 발매일이나 어플의 출시 시기를 조사해보거나, 노래방에서 인기곡 검색으로 2010년 항목을 바라보거나.

　그리고 '어?! 이 작품이 나온 지 벌써 10년 넘게 지났어?!'라며 틀에 박힌 공감거리를 만들기도 했습니다. 이것도 나름대로 꽤 즐겁긴 하지만요. 이 작품도 10년 뒤에 누군가가 그렇게 생각해줄 만큼 기억에 남는 이야기가 되면 기쁠 것 같습니다.

　자, 3권 말인데요, 질리지도 않고 또 새 캐릭터를 내버렸습니다. 저는 데뷔작을 낼 때부터 쓸데없이 캐릭터를 많이 내보내는 버릇이 있었던 것 같아서요, 누가 쓸데없는데! 쓸데가 다 있다고! 두들겨 팬다! 아, 죄송합니다. 발작하며 1인 태클극을 연기해버렸네요. 신경 쓰지 말아주세요.

다시 하던 이야기로 돌아가서, 새로운 캐릭터를 내보내면 담당 일러스트레이터 분께 디자인을 생각해달라고 하는 형태가 되기에 죄송하다 싶으면서도 매번 캐릭터 디자인을 기대하는 나쁜 사람입니다.

이번 권의 새로운 캐릭터인 우시키 오구리도 어머나, 정말로 귀엽디 귀엽고, 너무 귀여운 것 아닌가요? 요무 선생님! 이렇게 귀여우면 계속 디자인화를 보게 되어서 일을 할 수가 없는데요!

그렇게 이번에도 바쁘신 와중에 캐릭터 디자인부터 시작해서 멋진 일러스트를 잔뜩 그려주신 담당 일러스트레이터 요무 선생님, 감사합니다.

그리고 플롯 단계부터 많은 의논을 함께 해주신 담당 편집자 사토 님, 항상 감사합니다.

또한 이 책의 간행에 힘써주신 모든 분들, 이 책을 읽어주신 독자 여러분께 진삼으로 감사의 말씀을 드립니다.

앞으로도 부디 잘 부탁드립니다.

토쿠야마 긴지로

역자 후기

안녕하세요, 천선필입니다.

『엄한 여자 상사가 고등학생으로 돌아갔더니 내게 호감을 보이는 이유』3권, 재미있게 읽으셨는지 모르겠습니다.

이번 3권은 은근히 반전이 많았던 것 같습니다. 1권에서 타임 리프를 한 주인공이 느꼈던 주변 인물들의 변화에 전부 나름대로 이유가 있었고, 그 변화를 주도한(?) 캐릭터도 새롭게 등장했죠. 그 캐릭터인 우시키 오구리 또한 2권에서 주인공과 토우카가 새롭게 알고 지내기 시작한 비와코 때문에 당황한 모습 또한 복잡하게 뒤얽힌 타임 리프 결과물 같아서 재미있기도 했고요. 어떻게 보면 그렇게 남몰래 암약하는 부분이 정말 못된 캐릭터로 보일 수도 있을 것 같기도 한데, 이 작품의 분위기가 어느 정도 가벼운 부분도 있기에 웃으면서 볼 수가 있었다는 생각이 듭니다.

그리고 저 개인적으로는 가장 큰 반전이 프롤로그였습니다. 당연히 토우카의 독백인 줄 알았는데 이번 3권 마지막 부분에서 딸기맛 사탕이라는 소품을 통해 우시키의 독백인 것으로 드러나게 되죠. 이런 트릭이 있는 짜임새 또한 작품의 퀄리티를 높여주는 요소라고 생각하기 때문에 번역을 마치고 후기를 쓰고 있는 지금도 인상에 깊게 남아있는 것 같습니다. 하지만 그렇게 의미심장한 소품인 딸기맛 사탕도 허둥대다 삼켜버리는 걸 보니 오구리도 참 안타깝고 귀여운 캐릭터라는 느낌입니다. 이런 가벼움 또한 마음에 드는 요소입니다.

결말 부분에서는 타임 리프를 한 세 사람 모두 서로 타임 리프를 했다는 사실을 알게 되었는데, 앞으로 도대체 이야기가 어떻게 전개되려는 건지 전혀 감이 오지 않네요. '혹시 세 사람뿐만이 아니라 모두가?' 이런 상상도 해보게 되는 것 같습니다. 벌써부터 다음 권 내용이 기대되네요.

이런 생각을 하면서 『엄한 여자 상사가 고등학생으로 돌아갔더니 내게 호감을 보이는 이유』 3권을 번역하였습니다. 매번 그랬듯이 감사의 말씀 드리고 후기를 마치려 합니다.

항상 신경을 많이 써주시는 담당 편집자분, 그리고 책을 내는 데 도움을 많이 주신 소미미디어 관계자 여러분, 그리고 가족 여러분. 감사합니다.

그 누구보다 감사드리고 싶은 분은 독자 여러분입니다. 제가 이렇게 무사히 번역을 마치고 후기를 쓸 수 있는 것도 독자 여러분 덕분이라 생각합니다. 진심으로 감사드립니다.

다시 찾아뵙게 될 때까지 행복한 하루 보내시길 바랍니다.
감사합니다.

천선필

KIBISHII ONNA JOSHI GA KOKOSEI NI MODOTTARA ORE NI DEREDERE SURU RIYU 3
~ RYOKATAOMOI NO YARINAOSHI KOKOSEI SEIKATSU ~
Copyright © 2021 Ginjirou Tokuyama
Illustrations copyright © 2021 YOM
Korean translation rights arranged with SB Creative Corp.
through Japan UNI Agency, Inc., Tokyo

엄한 여자 상사가 고등학생으로 돌아갔더니 내게 호감을 보이는 이유 3

2022년 10월 15일 1판 1쇄 발행

저　　　자 | 토쿠야마 긴지로
일러스트 | 요무
옮 긴 이 | 천선필
발 행 인 | 유재옥
본 부 장 | 조병권
담당편집 | 박치우
편집 1팀 | 김준균 김혜연 박소연
편집 2팀 | 정영길 조찬희 박치우 정지원
편집 3팀 | 오준영 곽혜민 이해빈
디 자 인 | 김보라 박민솔
라 이 츠 | 맹미영 이승희 이윤서
디 지 털 | 박상섭 김지연
발 행 처 | (주)소미미디어
인쇄제작처 | 코리아피앤피
등　　　록 | 제2015-000008호
주　　　소 | 서울시 마포구 토정로 222, 403호(신수동, 한국출판콘텐츠센터)
판　　　매 | (주)소미미디어
영　　　업 | 박종욱
마 케 팅 | 한민지 최정연 최원석
물　　　류 | 허석용 백철기
전　　　화 | (02)567-3388, Fax (02)322-7665

ISBN 979-11-384-3434-8
ISBN 979-11-384-0602-4 (세트)